KB115806

들어라

전라북도 산천은 노래다

들어라
전라북도 산천은 노래다

초판 1쇄 | 인쇄 2019년 6월 03일
초판 1쇄 | 발행 2019년 6월 10일

지 은 이 | 강인한 송하진 정양 정호승 곽재구 서홍관 신경림 손택수
　　　　　김남곤 김준태 최승범 안도현 김용택 유용주 황동규 외 135명
발 행 인 | 이병천
발 행 처 | 전라북도문화관광재단
기획/진행 | 홍보팀/김정인, 박나래, 최남신
전　　화 | 063-230-7400
팩　　스 | 063-231-7491
주　　소 | 전라북도 전주시 완산구 팔달로 161 전북예술회관 3층
웹사이트 | http://jbct.or.kr

펴 낸 이 | 권영임
편　　집 | 조희림
디 자 인 | 여현미
펴 낸 곳 | 도서출판 바람꽃
등　　록 | 제25100-2017-000089
주　　소 | (03387) 서울시 은평구 연서로22길 16-5, 501호(대조동, 명진하이빌)
전　　화 | 010-7184-5890
팩　　스 | 070-7314-6814
이 메 일 | greendeer@hanmail.net

ISBN 979-11-962706-6-7 03810

ⓒ 강인한 송하진 정양 정호승 곽재구 서홍관 신경림 손택수
　　김남곤 김준태 최승범 안도현 김용택 유용주 황동규 외 135명

값 15,000원

이 도서의 국립중앙도서관 출판예정도서목록(CIP)은 서지정보유통지원시스템 홈페
이지(http://seoji.nl.go.kr)와 국가자료공동목록시스템(http://www.nl.go.kr/kolisnet)
에서 이용하실 수 있습니다.(CIP제어번호: CIP2019021483)

전라북도문화관광재단 시선집

들어라
전라북도 산천은 노래다

도서출판 바람꽃

차례 : :

전북 /

전주 /

익산 /

군산 /

정읍 /

고창 /

무주 /

부안 /

임실 /

장수 /

진안 /

전북

전라도여 전라도여 Ⅵ
강인한

발치에 섬진, 영산강을 두고
제 설움에 돌아눕는 만경, 금강을 다독이고
크막하게 갈재가 뻗쳐
솟은 재를 넘는 옛날도 옛날
소금 장수 시드러진 가락에
무더기 무더기 찔레꽃도 피고
산도둑놈 거친 숨소리에
소쩍 소쩍 새도 울어라.

달하
먼 발치로 내다보고 섰는
혼곤한 꿈빛의 고향이여.
이 나라의 가장 후진 백성들의 한숨이
모여서 삭는 곳
오늘도 질척이는 갯땅, 오 갯땅이여.
한 그릇 찬밥 덩이 앞에들 놓고

죄 없이 떨리는 손으로 수저를 들고
그래도 남은 사람들끼리
꿀꺽꿀꺽 돌려 마시는 한 사발의 찬물
시리고 아픈 이 나라의 어금니여.

* 전체 시 중 마지막 6편만 수록(편집자 주).

전라도 사투리

김용옥

하루가 껄끄럽고 무거운 만큼 밤 깊어 적막조차 나른하여
뒤척이는 잠의 날개를 펴 시집 속으로 도피하다가
경상도 장승재 시인의 시
「잠 오지 않는 밤」에 운율을 단다
그가 '디'로 끝나는 말을 못 찾아 헤매는데
나는 낱말을 디, 디, 디, 이어가기 시작한다.

나는 본디, 쥐띠 해 복더위에 태어났는디,
먹는디, 노는디, 자는디,
즐거운디, 배우는디, 그리는디 하면서 잘 살려는디
사랑하는디, 괴로운디, 서러운디, 디, 디, 디,
옳거니 하고픈 일 태산 같은디,
적막한디, 그리운디, 무상한디, 살아가고 있는디,

살아갈 날이 많지 않은디
정말이지 자알 죽고 싶은디

뜻대로 되는 게 하나도 없는 인생인디
무얼 어떻게 할 수 없는 인생인디
본디 그렇고 그런 것인디,

죽어라고 눈 못 감는 전라도 시인의
과거 현재 미래를
장편 소설인 양 주울줄 끌고 다니는디
오메,
새벽은 저만치 걸어오고 있는디
시간은 오는 듯이 가는디
시간은 가는 듯이 오는디, 디, 디, 디,

김치

오세영

겉절이라는 말도 있지만
김치는
적당히 익혀야 제격이다.
흰 배추 속처럼
마음만 고와서는 안 된다.
매운 고춧가루와
짠 소금,
거기다가 젓갈까지 버물린
전라도 김치,
김치는
맵고 짠 세월 속에서
적당히 썩어야만
제맛이 든다.
누이야,
올해의 김치 독은
별도로 하나 더 묻어 두어라.

흰 눈이 소록소록 쌓이고

별들이 내려와 창문을 두드리는 어느 겨울밤,

사슴의 발자국을 좇아

전설처럼 그이가 북에서 눈길을 찾아오면

그때

새 독을 헐어도 좋지 않겠니?

평양냉면에

전라도 동치미를 곁들인다면

우리들의 가난한 식탁은 또 얼마나

풍성하겠니?

전라도식

허소라

어쩔 수 없이 바람옷을 빌려 입고
멀리 떠났던 눈물
언제나 문안만 드리면
몇 대조의 한숨이라도, 넋이라도
친근히 다가와 눕는다
누워서 딸의 함을 받듯
조심조심 우리의 지혜를 돕는다
반노의 깃발 펄럭이던
동학의 땅,
제 그날의 피에 새살이 돋고
언제나 타관이듯 바장이던
우리들의 한숨은
풍요의 시렁 위에서 눈 감고
어떤 농업으로도
갈아엎을 수 없는 우리들의 따뜻한 사투리
서로의 살갖에 볼을 대고

전라도식 사랑

전라도식 호통으로 비틀거리면

아, 누군가가 마중 나온다

어떤 고속이 이것을 막을 것인가?

가득한 풍년 속에서도

늘 비어 있는 우리들의 가락, 우리들의 겸양

아, 그 사랑, 그 크낙함을

누가 새길 것인가?

전라도 거시기

유응교

요즈음도 전라도
허름한 막걸리 집에 들어서면
그래도 사람 냄새가 난다.

어째 오늘 쪼끔 거시기 헌디
거시기 한잔 해 불라요?
거 뭐냐 거시기 한 잔 주더라고
주인은 벌써 알아차리고
막걸리가 나온다.

오늘 날씨가 쪼깨 거시기 허네
글씨 말이여
비 한 줄금 올랑 개비여
어째 뭄이 거시기 허구먼
근데 뭐냐
인자, 포도시 살게 된깨

또랑 건너 월촌댁 셋째 딸래미

금년 가실에

시얀이 오기 전에

거시기 허기로 혔담서?

언제 날 받았대?

내알 모레라든디

에릴 때부터 착했응깨

잘 살꺼이여

시나브로 살림 일굼스롬.

옆자리에서

깔끄막 오르내리면서

쌀농사 진것 헛것이라고

소락대기 질러대는

술꾼 때문에 자리를 털고 일어서며

주인장

오늘 술값은 거시기 허드라고

알겄제?

어째 거시기 헌께 더 앉아 있기가

껄쩍찌근 허그만.

이제 표준어가 된

거시기는 만국 공통어다.

이렇게 시라고 써 놓고 봉깨

쪼깨 거시기 허긴 허지 만서두.

사람 냄새 물씬 나는

한 마디로 다 알아채리는

저 거시기의 위력이여!

평야

박남준

　동진을 건너고 만경강을 건넌다. 저 들녘, 평야는 너르다만 푸르기는 푸르다만 그길, 평야의 옛날은 푸르렀겠느냐. 삐비꽃 삐비꽃, 바람머리 눈발처럼 푸는 김제만경 너른 평야 지평선의 국도를 달리면 컥컥 염천의 길, 언제부터인지 소복 입은 늙은 여자, 절뚝거리며 따라온다. 우우, 땅을 치며 쓰러지며 소리치며 기어온다.

전봉준의 눈빛

문병학

저 들판 끝 바람 앞에 선 사내 하나
앙상한 뼛골로 우뚝 서 있는
서서 죽은 사내의 정수리에 들입다 꽂히는 바람아
네가 졌다.
찬찬히 보아라 제 몸 스스로 식혀 정수리로부터
차가운 피 맑게 돌리며
두 눈 번쩍 뜨는 그는
너의 등덜미를 내내 주시하고 있다.

전라도 사람들

이경아

전라도 푸른 논과 밭은
하늘땅이 맞닿아 있다
낮이면 사람이 농사를 짓고
밤이면 밤마다
하늘 노래를 들으며 산다
순한 눈망울로 순한 것만 보고 살아서
매운 세상맛을 맵다고 하지 않는다
그러려니 하고
큰소리 한 번 내지르지 않고
내 것이라고 내 앞에 좋은 것 놓지 못해
좋은 것 다 내주고 무녀리만 갖고도 잘 산다
욕심낼 줄 몰라서가 아니라
욕심내면 안 된다는 것을 천성으로 안다
하늘마음 땅마음이 같아
정수리에서 발끝까지 정을 적시며 산다

어쩌란 말이냐 전라도 내 고향

정병렬

징검다리 앞강물아 뒷동산 오솔길아
누런 송아지랑 푸른 언덕 어쩌란 말이냐
정자나무 그늘에 된장국내 번져오고
맨발 강아지랑 사투리 다정하던 돌담길
돌아보고, 돌아보고 어쩌란 말이냐

소쩍소쩍 소쩍새야, 개굴개굴 개구리야
물안개 달빛이랑 하얀 찔레꽃 어쩌란 말이냐
열린 뜨락에 감나무 잠이 들고
멍멍개랑 달그림자 입 맞추던 항아리들
돌아보고, 돌아보고, 어쩌란 말이냐

떠나간 기적소리야, 해 저문 산마루야
보슬비랑 옷 벗는 갈잎소리 어쩌란 말이냐
하얀 강물에 철새 떼 날아들고
어스름이랑 저녁 꿈 그리던 굴뚝연기

돌아보고, 돌아보고 어쩌란 말이냐

굴뚝 식어간 하늘아, 은빛 기러기 떼야
선잠재운 엄마랑 다듬질소리 어쩌란 말이냐
할아부지 기침소리 새벽닭 우는 마을
함박눈길 넘어져서 아부지랑 웃던 까치집
돌아보고, 돌아보고, 어쩌란 말이냐

산 좋고 물 좋은 조선천지 대한아, 전라산천아
씨 뿌린 논밭이랑 쌀 도가니 어쩌란 말이냐
도랑 치고 가재 잡고 풍물농악 어울려서
보리랑 아리랑고개 넘던 그 뜨거운 눈물
돌아보고, 돌아보고, 어쩌란 말이냐 내 고향!

황금 만 냥

정성수

새만금의 노을이 축제를 벌이면
배밀이로 들어갔다가 배밀이로 나오는 아낙들은
옷깃을 여미고 하루해를 갯벌에 묻는다
바다에 들어가지 못한 폐선은 세상이 고요해지기를 기다
리고
목까지 찬 조개 망태를 처음이라는 듯 마지막이라는 듯
리어카에 부린다
삶을 내동댕이치고 싶은 별들이 갯벌에 떨어질 때
방조제는 군산 비응도에서부터 부안 대항리까지 팅팅 부은
다리를 뻗는다
손에 든 한 접시의 소금이 짜다
정강이까지 빠지던 갯벌이 침묵처럼 엄숙해지는 저녁 무렵
참혹한 갯벌과 꿈꾸는 조개들을 거둬들고 돌아가
만경평야와 김제평야가 합궁해서 만든 자식
새만금은 만금萬金이다 황금이 만 냥이다

전주

전주全州

송하진

오─
어떻게 그럴 수 있는가
어떻게 그렇게
오래 견딜 수 있는가
어떻게 그렇게
오래 제 모습 지닐 수 있는가

있어야 할 것이 잘 있는 곳
있어야 할 곳에 잘 있는 곳
산이 있어야 할 곳에는 산이 있고
물이 있어야 할 곳에는 물이 있고
사람이 있어야 할 곳에는 사람이 있는 곳

견훤이와 이성계 정여립과 전봉준이
깃발 들고 시대를 고함지르던 곳
어떤 이는 노래 부르고

어떤 이는 춤추고
어떤 이는 글발 날리는 전주

고고함과
으레 그러함과
싱싱함과
찬란함이 함께 있는 곳

전주를 만나보시게
우린 그렇게 살아왔었다고
한바탕 비비며 잘 살아갈 거라고
얘기할 수 있는
단군할아버지 적 친구 같은 전주

전주

김사인

자전거를 끌고
여름 저녁 천변 길을 슬슬 걷는 것은
다소 상쾌한 일
둑방 끝 화순집 앞에 닿으면
찌뿌둥한 생각들 다 내려놓고
오모가리탕에 소주 한 홉쯤은 해야 맞으리
그러나 슬쩍 피해 가고 싶다 오늘은
물가에 내려가 버들치나 찾아보다가
취한 척 부러 비틀거리며 돌아간다
썩 좋다
저녁 빛에 자글거리는 버드나무 잎새들
풀어헤친 앞자락으로 다가드는 매끄러운 바람
(이런 호사를!)
발바닥은 땅에 차악 붙는다
어깨도 허리도 기분이 좋은지 건들거린다
배도 든든하고 편하다

뒷골목 그늘 너머로 오종종한 나날들이 어찌 없겠는가
그러나

그러나 여기는 전주 천변

늦여름, 바람도 물도 말갛고

길은 자전거를 끌고 가는 버드나무 길

이런 저녁

북극성에 사는 친구 하나

배가 딴딴한 당나귀를 눌러 타고 놀러 오지 않을라

그러면 나는 국일집 지나 황금슈퍼 앞쯤에서 그이를 마
중하는 거지

그는 나귀를 타고 나는 바퀴가 자글자글 소리 내며 구르
는 자전거를 끌고

껄껄껄껄껄껄 웃으며 교동 언덕 대청 넓은 내 집으로 함
께 오르는 거지

바람 좋은 저녁

전주천 여울목 섶다리

이소애

이쪽과 저쪽 틈새를 이어주는 다리

사람과 사람을 이어주는

내가 너에게로 건너가는

건너갈 때 통나무와 솔가지가 가지런히

내 발자국 찍어두는

겨울엔 눈이 쌓이지만 금방 녹고 마는

상여가 지나가도 끄떡없이 받쳐주는

참, 용케도 사람이 지나가면

삶의 중량에 못 이겨 출렁, 가라앉다가

다시 제자리 찾아 평형을 잃지 않는

쓸쓸히 늙어서 건너야 할

캄캄한 섶다리

전주 2

김익두

낮달 하나 비에 씻겨
살아가기로,

바람아 뭇 잔별아
미친 짓이냐.

낡은 단청 아래
옛물이 숨고,

탁배기에 내리는
호리낭창
새
신록.

눈썹 끝에 연꽃 피는 —덕진채련德津採蓮

진동규

　젊은 장수 견훤은 반월성 짓고 눈 지그시 앉아 눈썹 끝자리쯤 해서 연못을 팠습니다. 말 한마디 없이 해낸 일이고 보면 그 속 헤아릴 수야 없겠습니다만, 선화 공주랑 배 띄우고 놀았던 서동의 미륵사 연뿌리 옮기어 꽃피게 하였던 것을 보면 글쎄, 아마도 무왕 대에 현신하지 않은 미륵을 당신은 꼭 보리라 믿었던 것 아닌가 싶습니다.

　야심찬 대왕님 그때 반월성은 흔적도 없고 아스라한 세월의 눈썹 끝자리 철 찾아 연꽃 흐드러지게 피고 지고 그러는 걸 보면 고개 숙이는 그대 진정 선화 공주이려니 싶어 가슴 두근거리고 그럽니다.

겨울 강가 — 아중천에서

권오표

그리하여 겨울 강은 목울대까지 차오르는 울음을
목젖에 꾸역꾸역 욱여넣었다
마른 갈대들은 발목부터 꺾여 강바닥에 몸을 뉘거나
죽창처럼 서서 눈보라를 온몸으로 견뎠다
강가를 지키던 낚시꾼들은 한 발을 절뚝이며
이복형제마냥 애써 눈길을 피한 채 벌써 자리를 떴고
겨우내 왜가리는 잿빛 그림자를 살얼음 위에 뉘어놓고
외발로 서서 강물을 숫돌 삼아 부리를 벼리고 있었다
검은 옷을 입은 일행이 차에서 우르르 내리더니
누군가의 한 생애를 비듬처럼 강바람에 흩뿌리고는
서둘러 쫓기듯 떠나갔다
강 언덕에서는 아이들이 날리는 방패연이
공중제비로 처박힐 듯 꼬꾸라지다가
다시 치솟아 오르곤 했다

전 주 全州

정윤천

이름만으로 전주인 도시는 이 세상 어디에도 없어

너는 여기 와서 좀 아무렇게나 걸어도 된다

막상 길을 잃어도 된다 그래봤자 전 주 全 州

백 년이 흘러도 이 거리의 저녁 무렵은 끈덕지고

아스레한 술 향기에 젖어 저물어 갈 것이니

거기서는 좀 비틀거려도 된다

가뭄에도 콩나물을 기르는 마음같이

지금도 지붕 낮은 골방 한쪽에 배를 깔고 엎드려

시를 쓰며 지낼 것 같은

몇몇의 키 작은 사내들을 불러내도 된다

오래된 창호지 닮은 옛사랑의 기억 몇 페이지쯤을

함께 펄럭거려 보아도 괜찮을 것이어서

퇴임하고 돌아온 별정직 같은 표정이 되어

가슴에 간직한 뼈아픔 한 대목은 되나캐나 건네 버려도

된다 전 주 全 州

무슨 실없는 양아치들의 허망한 허세라거나 뻬까번쩍의

내일을 위해 금철 단장의 마차에 기대어 오지 않아도 된다

　그보다는 더욱 온전한 말로 뼈를 세운 전 주 全 州

　온고을에서 고향을 펼치다

중인리中仁里의 봄

이희중

1

사월, 중인리

돌담보다 조금 높은 허공에서

아직 겨울인 땅과 벌써 여름인 하늘이 다툰다

다투는 소리는 과실나무 꽃눈 속에 모여 부푼다

아직은 개울 흐르는 소리만 들린다

모악산 꼭지를 떠난 지 이억 년쯤 된

애기 머리통만한 돌들이

이 북쪽 자락에서 한 이천 년째 머물며

요새는 사람의 집을 에둘러 지키는 노릇을 한다

돌담이 허락하는 길을 걸으면

산책하는 이에게 지도는 더 필요 없다

2

마을이 생긴 후 지금까지

육천의 아이가 태어났는데
그 가운데 오천칠백은 이 세상에 없다
과일나무를 심은 후
매실, 복숭아, 배, 감이
팔십만 개가량 여문 바 있다는데
사람 까치 개미 곰팡이들에게 다 먹혔다
씨앗으로는 거의 대를 잇지 못하였다

오늘 저 높은 하늘 쪽
여름 기운이 먼저 미친 가지 끝에서
미래의 꽃들이 한 번 천천히 꼼짝, 한다
꽃이 생길 자리가 움직이는 듯 보이는 까닭은
어제 내린 비 때문이다
시냇물 소리 때문이다

인적 드문 이른 봄날 중인리

햇살 강림하는 환한 돌담 사이에 서서 나는 생각한다
꽃 피는 오전, 이런 마을에서
아이를 하나 만들면 안 좋을지
내일 정오에는 이 마을 가득 복사꽃이 필 것이다

전주 막걸리집

조기호

옷고름 풀어줄 듯
아미 고운 삼천동 골목
안주 푸짐한 전주 막걸리집
목로에 앉으면
피눈물 뚝뚝 떨어지는
한 많은 후백제가
전라도 육자배기로 걸어와
이 빠진 투가리 귀퉁이에 서서
오목대 날도채비 춤을 추고
눈물이 쏙 빠지도록 서러운
전라감영 찰진 소리 한 대목으로
내 건너 초록바위에 동학으로 걸려 있습니다.

고들빼기

이운룡

전주 땅을 밟으면
여염집 밥상에 올라오는 고들빼기
조금은 씁쓸하지만 입맛 돋우는
이 쓴나물을 어디서 캐시나요?

논두렁 밭두렁 백 번은 넘나들며
아랫집 머슴 '창섭'이가
누구네 꽁무니 뒤따라 오르내리던
언덕배기 같은 데

삶아도 삶아도 살아서 무너지는 꽁보리밥
이 없어도 꿀꺽 잘 삼킨 할머니가
헉헉 숨이 차서 올라가시던
산비탈 묵정밭 같은 데

주워 먹으면 쫄깃쫄깃 맛있다는

별똥 떨어진 재 너머

아직 한 번도 가보지 못한

쑥대밭머리 돌밭 같은 데서

오늘은

'창섭'이의 딸 같은 처녀애와

할머니의 손녀 같은 아주머니가

허부적허부적 기어올라 캐 오는 고들빼기

생김새치고는 못난이 헌 누더기같이

버러지한테 뜯긴 잎사귀

짐승한테 밟힌 잎줄기

사람한테 들킨 실뿌리

온갖 눈치를 땅바닥에 깔고 살다

제 모습 아니게 고스러졌지만

캐보면 다르니라,

겉보기와는 다르니라.

밑이 잘 들어 허연 실뿌리

이놈이 진짜이니라,

진짜 맛있는 건 잎사귀 아니라

진짜 맛있는 건 뿌리이니라,

오천 년 밤낮으로

우리고 우리어도 남아 있는 씁쓸한 맛.

젓국에 갖은 양념에 막 버무려 놓아도

그래도 아직 남은 씁쓸한 쓴나물 맛,

이것이 너이니라.

네가 버리지 못하는 진국이니라.

한번 맛들이면 환장해서 찾는

진짜 우리나라 맛, 전주 맛이니라.

고생고생 애성이 받치던 세월

오늘은 놀랍게도
이렇게 튼실한 눈물로 자랐구나!

요즘은 너나없이 인공 재배하여
뿌리는 가늘어져 실낱이 되었고
잎사귀만 웃자라 무잎 같더라니
전라도산 고들빼기 어디로 갔느냐?

무성한 잎사귀
한겨울 못 배겨 주저앉기 일쑤이고
주린 짐승 뜯어먹기 십상이니
속으로, 땅 속으로 머리 돌리고
언덕배기면 언덕배기
묵정밭이면 묵정밭에
돌밭이면 돌밭 같은 데서
쓰라린 흰 눈물 먹고 자랐다기로

누가 이 고들빼기를 개땅쇠라 하더냐!
누가 이 고들빼기를 철조망이라 하더냐!
누가 이 고들빼기를 하와이라 하더냐!
누가 이 고들빼기를 니꾸사꾸라 하더냐!

그도 저도 다 아닌 것,
고들빼기는 고들빼기
문둥이면 어떻고 깍쟁이면 어떻고
감자바위면 또 어떠냐?
고들빼기는 고들빼기니라.
영락없이 맞아서 피 먹진 먹자줏빛 잎사귀
허연 뿌리 씁쓸한 맛, 이것이
진짜 우리나라 전라도산 고들빼기니라.

익산

결코 무너질 수 없는 ―미륵사지에서

정양

감자 캐던 마동이가 참말로

감자로 민요로 덫을 놓아 어여쁜

공주님 마음을 사로잡았는지

금덩이를 돌덩이로 여기던 마동이가

참말로 서슬 퍼런 백제왕이 되었는지

그런 걸 다 딱부러지게 알 길은 없지만

왜 하필 금마金馬 오금산五金山 김제金堤 금산사金山寺 같은

금金 자 돌림의 땅을 가려서

미륵님이 하생下生하는가도 딱히 알 길은 없건만

이 연못에 미륵님을 모시고 싶다는

아내의 택도 없는 소원을 듣고

아내를 위해서라면 그까짓 금덩이쯤

맘 놓고 돌덩이로 여긴 지아비가 이곳에

엄청난 연못을 메우고 엄청난 절을 세웠더란다

동서로 남북으로 갈가리 찢어져

쫓기고 피 흘리고 빼앗기고 굶주리는 땅에

사람들이 참말로 사람답게 사는

황금빛 찬란한 평화를 평등을 화해를 터 잡고 싶은

어여쁜 아내의 어여쁘고 간절한 소원을

무왕인들 마동인들 그 누군들 어찌 외면했으리

천년 세월 무너져 내린 절터에

결코 무너질 수 없는 어여쁘고 간절한 소원 하나

무너지다 무너지다만

쓰라린 돌탑으로 남아 있었다

웅포 석양

김대곤

검은 갯벌 위

붉은 노을이 병사처럼 쓰러진다.

반짝이는 비명이 파닥이며

멀리 나간

아낙네들 머리 위

등 뒤에 매달려

귀가하는 저녁 해.

저어새 한 떼

시간처럼 날아가고

철벅이는 은빛 오솔길 따라

뭍으로 가는 길.

바닷바람 아래

칠면초 붉게 수런거리면

바닷길 향해 목 빼고

서걱이는 갈대.

어디선가

젖 보채는 아기 울음소리

밥 짓는 저녁연기

총총한 걸음걸이

꼴딱 넘어가는 옹포 석양.

황등 가는 길

문화순

그 황톳길

솜리역 지나 황등 가는 길
아버지 등에서
겨울까지 짊어지고
지나던 시오 리 길

오늘은
지은 죄 다 버리고
발자국 남기며
어머니 무덤에 가네

길도 없는 길
송장메뚜기 지나가는
그 길을
무슨 바람이 지나갈는지

나도 어머니 된 지 오래이나

항상 딸로만 남아

또 어느 곳에

다른 어머니로 남아 있을까

송림 사이로 실안개 뿌리고

눈물인지 빗물인지

마음도 뿌리고

솜리역 지나 황등 가는 길

일 년에 한 번 가는

그 황톳길

꿈꾸는 돌, 미륵사지 —백제기행 9

이동희

반신불수의 백제여
가눌 길 없는 세월로
몸 세운
지조여

이승의 자를 세워
그 폐허 어디쯤을 잰들
맛둥방의 큰 키 보이실까
저승의 말뜻을 찾아
그 풀밭 어디쯤을 판들
선화공주 넓은 가슴 열으실까

부서진 기왓장마다
명문銘文처럼 남아 있는 이름
백제!
무너진 역사로 뒹굴다가

일련번호로 둘러앉아
무거운 꿈을 꾸는
천 년이여

너, 이제 탑으로 서는 날
잃어버린 세월 위에
도솔천 아득한 나라
짙푸른 피가 도는
미륵불이 되리라

산수유꽃 —미륵산에서

박미숙

그와 헤어진 봄날 오후
산에 갔었네
햇살이 무늬로 떠다니는 굴참나무 아래
산수유꽃 있었네
저를 보는 나를 보며
너 같은 인간들 얼마든지 와서 보라고
무더기로 피었네

나, 거기서 더 오르지 못하고 돌아왔네

아침 왕궁으로부터 저물녘
석탑에 내리는 늦은 빗줄기처럼

문신

서쪽에서 바람이 제법 강하게 불어오던 유월 어느 오후, 왕궁王宮을 지나다가 침묵처럼 서 있는 오층 석탑石塔을 보았고, 어쩐 일인지 나는 석탑에게도 눈이 있을 거라는 뜻 없는 상상을 해보았던 것인데, 기어이 내가 석탑의 그림자를 밟고 섰을 때, 검게 그러나 투명하게 반짝이는 석탑의 눈을 보고 말았다. 그 순간 바람 몇 가닥이 내 눈에서 실핏줄처럼 터졌고, 나는 잠깐 외로운 석탑처럼 선 채로 바람을 등지고, 멀리 해 뜨는 쪽으로 내 차가운 이마를 밀어 올려, 끝내 모든 기억을 날려 보내고 말았다.

고도리 입상

김광원

우리 둘이서 멀리 마주보고
서 있는 이유를
어렴풋 알 것 같다네.

비가 오거나 땡볕에 서 있거나
귀도 떨어져 없어지고
코도 닳아 흔적만 남고

그래, 기적 같은 그때가 오면
내 몸은 점점 푸른 들판이 되고

끝없이 바람 부는 이승에서
당신과 나 사이에는 그렇게
강물이 흘러간다네.

강 언덕엔 하염없이 달맞이꽃 피고지고

달이 뜨지 않아도 달빛은 흘러가고
낮달이 그렇게 사라지는 이유를
알 것 같다네, 알 것 같다네.

이병기 생가의 탱자나무

박라연

한 무릎에서
이백 수를 견딘다는 것은
저세상까지
발을 뻗어 밥벌이하는 일

울타리의 한 가닥으로 연명하다
지금은 보호수로 지정된
이 집 탱자나무조차 장수가
축복만은 아닌가 보다

몸 안쪽 날개를
온통 단단한 가시로 무장한
저 완전한 비애!

제 가시머리 뚜껑을 한 번쯤
열어보고 싶을

이병기 생가의 저 탱자나무

시詩와 몇 촌쯤 될까

익산 쌍릉

문효치

흐르는 물을 잘라내어
무덤에 들인다

한 움큼 햇빛도 덜어내고
저 솔숲 솔빛에 종소리도 오려내고

금당의 뒤안
동백의 그늘에 앉아 염불하는
춘란의 향기 한 자락 쥐어다가

선화여,
우리들의 죽음을
이렇게 치장하면

죽음의 둘레에서
쓰러져 썩고 있는 축축한 미풍들

다시 살아 일렁일 것이고

선화여,
죽음은 오히려 웃으며 다가와
우리의 삶을 더욱 밝게 비추일 것이니

성지에서 —미륵사지 앞에서
채규판

누구든지 손이 아픈 사람은 여기와 쉬면 된다
만원 버스에서 내린 피곤한 행인도
일찍이 와 쉬었으면 한다

이미 문을 나서버린
다시 되돌아 갈 수 없는 친구여
여기 와 쉬도록 한다

둥둥 북소리 울리며
꽃무늬 풍기는 신선한 이슬들을 거느리며
빛나는 이마와 함께
여기 가까이와
쉬도록 했으면 한다

기쁨도 기쁨의 집념도 없어진
갈 데라곤

허허로움뿐인 나 또한

여기와 쉬고 있는 것을

군산

도요새

정호승

옥구염전에 눈 내린다

수차가 함부로 버려진 소금밭에

눈발이 빗금을 치고 지나가다가

무너진 소금창고 지붕 위에 힘없이 주저앉는다

나는 일제히 편대비행을 하며

허공 높이 무수히 발자국을 찍어대다가

외로이 소금밭에 앉아 울고 있다

이제는 아무도 내 눈물로 소금을 만들지 않는다

염부들은 모두 다 집으로 돌아가

화투나 치고 소주나 마시고

길가의 칠면조만 저 혼자 붉다

만조 때 갯벌 가득 일몰이 차오르면

쫑쫑 찡찡 쉿 소리치며

일제히 염전으로 날아오르던 나의 사랑은

언제 다시 소금으로 빛날 것인가

나는 다시 허공에 무수히 발자국을 찍는다

멀리 새만금 방조제가 가물거린다
칠산 앞바다도 수평선이 사라졌다
염전에 물을 대던 경운기도 녹슨 잠이 들고
옥구염전에 눈은 그치지 않는데
나는 몇 마리 장다리물떼새와 함께
외로운 소금밭을 서성거린다
나의 발자국이 소금이 될 때까지
나의 눈물이 소금이 될 때까지

도선장 불빛 아래 —군산에서

강형철

백중사리 둥근 달이

선창 횟집 전깃줄 사이로 떴다

부두를 넘쳐나던 뻘물은 저만치 물러갔다

바다 가운데 흉흉한 소문처럼 물결이 달려간다

꼭 한번 손을 잡았던 여인

도선장 불빛 아래 서 있다

뜨거운 날은 사라지지 않는다

사랑할 수 없는 곳을 통과하는 뻘물은 오늘도 서해로 흘

러들고

건너편 장항의 불빛은 작은 품을 열어 안아주고 있다

포장마차의 문을 열고 들어서며

긴 로프에 매달려 고개를 처박고 있는 배의 안부를 물으니

껍딱은 뺑끼칠만 허믄 그만이라고

배들이 겉은 그래도 우리 속보다 훨씬 낫다며

무엇을 먹을 것인지를 묻는다

생합, 살 밑에 고인 조갯물 거기다

한 잔 소주면 좋겠다고 나는 더듬거린다.

물 젖은 도마 위에서 파는 숭숭 썰려 떨어지고

부두를 덮치던 파도는 어느새

백중사리 둥근 달을 데리고

포장마차 안으로 들어선다

어청도 등대

송희

일구십이 년에 태어났다는 사내

전쟁통에 에미 얼굴도 모르고

애비가 일본 놈이라는 사내

부리부리한 은회색 눈 부릅떠

절벽 위에 요지부동 붙어버린 백발의 사내

뭍에서 온 아낙을 다 뿌리치고

천둥 번개와 질기게 내통하는 사내

"나는 어청도 등대다"

"나는 어청도 등대다"

십이 초마다 제 이름 외쳐대다 구관조가 된 사내

몇백 년 후 내가 돌아와 덥석 끌어안아도

"나는 어청도 등대다"

그 말밖엔 할 줄 모를 사내

천안통天眼通은 트이고 가슴팍이 꽉 막힌 고집불통 사내

파도넝쿨의 기둥서방이 되어 한 구녁만 파는 사내

다른 사내들은 감히 흉내도 못 낼

그 사내

째보선창

이향아

선창은 언제나 질퍽거린다
선창은 밤낮으로 왁자지껄하다
늘피하니 배를 깔고 누워서
째진 입이야 다물어도 그만, 벌려도 그만
선창은 하루 종일 휘파람 지나가는 소리를 낸다

선창에는 여기도 저기도 선술집이다
물메기탕, 참복탕, 해장국으로
술안주도 개운한 뱃사람들 단골집
구릿빛 팔뚝을 울퉁불퉁하면서
째보선창 걸쭉한 고함소리에 맞춰
노을은 하루해 품삯처럼 붉다

비린내도 아니고
갯내도 아니고
간간하고 구수하고 구슬픈 냄새

땀에 절은 노역에도 시퍼렇게 피어나는

기를 쓰고 참았던 울음 같은 냄새

째보선창 냄새

군산 경암동 철길 마을 이야기

신재순

집과 집 사이로 기차가 지나던 마을에 살았지
붉은 양철집이었어 나는
스무 살이 될 때까지 철로가에 앉아 있었지

이제는 세상에서 먼 곳이 된 저 방 앞에
기찻길을 바라보는 신발을 나란히 놓고
방 벽마저 붉은 그 방에서
오늘 하루 늙고 싶다 생각하지

아침에 일어나 창문을 열면
담쟁이 넝쿨 푸르고
한 번은 두 사람이 끌고 오는
붉은 눈을 가진 초록 짐승 같은 기차가 오길 바라지

기차가 일으킨 작은 바람 하나가
어디에 가 닿을지, 어느 바람과 합해질지를

오래도록 생각하며
부엌과 토방 사이로 기차가 지나던 그때의
아버지 나이가 된 너와
어머니 나이가 된 내가 있지

곡선을 이루는 철도 길에 나와
명치끝까지 햇살 퍼붓는 날이 오면
비린내를 품고 살았던 내 어머니 저기 오시고
철도 옆 나무 사이 빨랫줄을 그어
하이얀 무명 속옷을 널었으면
그렇게 딱 하루를 살다 오면
기차는 다시 꿈으로 데려갈까

저 세월에 살찐 들고양이처럼
세상에 던진 마음 지워버리라고
기차를 몰고 깃발을 흔들며 오시던 내 아버지

기적소리가 나지 않는,

다시는 기차를 몰고 오지 않을 아버지를 기억하겠지

해망동에 가보셨나요

채명룡

눈꺼풀이 무거운 생선 한 마리

소금 간이 스며들어야 값을 매기는

아줌마 몸빼 속을 한가롭게 유영하고 있다

어망 건조대에서는

수입에 밀려 먼 길 떠나는 고기들과

허허롭게 내 살아온 날과

짠 내에 익어가는 뱃놈들이

떠도는 물살에 섞여들었다

헐렁한 포구에 둘러앉은 아낙 몇이서

그물에 얽힌 지난날을 한 코씩 짜고 있는

붙박이 빈촌 해망동

풀죽 같은 일생 떠날 수 없다고

자기들끼리 발목을 묶어놓았던 그곳,

먼 길 떠나는 자식들이

가슴팍 무너지는 비늘의 소리를

엄니의 젖무덤 사이로 하나씩 떨어뜨리던

그런 해망동에 가보셨나요

금강하구에서

오경옥

어디서부터 시작되었을까

그리운 것들을 품고 흐르기 시작한 것이

세 끼 밥을 먹듯 거를 수 없는 현실 앞에서

혼탁해진 마음도 가라앉힐 줄 알고

켜켜이 날 법도 한 상처를 홀로 지우면서

소리로 말하지 않고

소리 없이 흐르는 법을 보여주는 강

살아간다는 것

사랑한다는 것은

저렇게 홀로 깊어지는 것이며

혼자서 비우고 채우며 무게를 갖는 것인가

어디쯤 흐르고 흘러야

마른 바람으로 서걱대는 가슴이

흔들리지 않는 심지를 가질까

수면 위에서 까맣게 먹이를 쫓는 철새들처럼

불혹이라는 삶의 굽이를 흘러오는 동안

애타게 퍼덕이던 삶의 노래가

부표처럼 떠서 저녁노을로 탄다.

계절 뒤에 피는 꽃

배환봉

세월은 백 년이 흘렀어도
일제 치하 군산항 개항 기념식수라는
벚나무 길 벚꽃들은
치욕의 과거 지울 수 없어
해마다 계절 뒤에 서 있다
더디게, 더디게 꽃을 피운다

그 수난에도 무엇을 꿈꾸었기에
저리 하얀 마음 끝내 잃지 않았을까

하늘 우러르며 빌던 소망
기어이 나라 찾아 제 땅에 피어서인지
양 길가 한철 노목으로 서서도
두 팔 서로 뻗어 얼싸 안았다

나라 찾은 날 그 소식 같은 저 환희

그래도 차마 잊을 수 없어

이웃 꽃 진 후에도 오래 망설이다 가는

월명산 등산길 벚꽃이여

너희들은 섬이었는데

이원철

너희들은 섬이었는데
선유도, 신시도, 야미도
너희들은 옹기종기 고군산열도였는데
개국이래 개항이래
너희들은 서해의 청정한 딸들이었는데
뱃길 백 리 눈 뻔히 뜨고 돌아서서
새 세상, 새 천년 얼얼 얼라리
이제는 반 계집 반 사내로 변신하는구나

너희들은 국토였는데
방축도, 무녀도, 장자도
너희들은 오순도순 전라도였는데
뽕나무 밭, 청보리 밭
이랑 너머 달맞이 가다가
낯선 땅 낯선 지번 멈칫멈칫
오늘은 밤바다의 이글거리는 진혼불로 서서

파도같이 취한 시인의 육성을 사루는구나

너희들은 섬이었는데
너희들은 국토였는데.

초대

이소암

봄 가을 짧아
유배지 같은 군산

나는
잡초 무성한 폐가처럼
쓸쓸하여
쓸쓸하여
먼 파도 소리
한아름 가득
담았다가 비웠다가
거듭하길 여러 해

군산, 떠나지 못한 건
바닷바람만이 나를
채우고 묶어서이다
그대 발길

닿는 날 기다려서이다

봄이라고
군산에도 봄이 온다고
단명할 봄꽃들

숭얼숭얼 기지개 켜면
어떤가, 한번 오시겠는가

정읍

용흥리 석불

곽재구

전라도 정읍땅 고부마을은

그 옛날 서당 훈장질하던 봉준이가

살구도 심고 녹두도 심고 곶감도 꿰며

살아가던 땅이었지요

그곳에서 십 리 길 용흥리 산중에는

호랑이 담배씨 사러 가던 꿍꿍 옛날부터

우리나라에서 제일 보기 흉한

돌부처 한 분이 살았겠지요

작두날에 썰리듯 머리가 뎅경 떨어져 나간

부처님 앞에 백일기도 드리고 애 낳은 아낙네들

무장 고부땅에 자운영 꽃만큼이나 널렸는데

하루는 은선리 산중에서 숯막 치고 살던

강덥석이라는 고자 사내가

참숯으로 부처님 머리통을 새겨

떨어진 목 위에 올려놓고는

그만 쉰두 살에 아랫도리가 벌떡 일어서고 말았지요

갑오년 동학란 때는 강덥석이도 동학군이 되어

전주성 구경까지 자알 했는데

봉준이가 죽은 뒤

동학군으로 나선 용흥리 사람들 다 어디론가 떠나고

참숯으로 만든 부처님 머리통도

그때쯤 사바세상을 훌쩍 떠났는데

조선 해방이 되던 그해 팔월에는

백산 아래 살던 석수장이 하나가

돌로 빚은 부처님 머리통 하나를 슬쩍 올려놓았지요

성도 이름도 스스로 알지 못하는 그 사내 나이가

그때쯤 쉰두 살이 되었다는 것을 아는 사람은 물론 없었

지요

신정읍사

강상기

아버지는 술집에 계십니다

어머니는 동구 밖 달빛 속에 긴 그림자로 서 계십니다

어머니는 달이 더 높이 뜨기를 빌었습니다

마른 땅만 밟기를 빌었습니다

그러나 아버지는 흙탕물을 뒤집어쓰고 귀가했습니다

이제 고희를 훌쩍 넘긴 나이

이 저녁 아버지는 친구와 함께 술집에 계십니다

아파트 방으로 밀물되어 들어오는 달빛에 젖어

암에 걸린 어머니가 아버지를 기다리십니다

정읍 가는 길

조미애

망초 밭에는 바람 많이 불어

흔들리는 대로 스러지는 하얀 넋

신새벽 이슬 흩뿌리면서

터져 나오는 죽창의 숨결

산봉우리마다 매운 연기로

불 피워 오르면

백 년 넘게 세상 빛 볼 날 기다리던

백제 땅 석불들

비로소 소리 없는 함성되어

큰 걸음으로 고부 땅 언덕에 선다

정읍역

박성우

방,

안의 거미줄만이 내 거처를 간섭하였다

그 외에는 잘못 걸린 전화도 없었다

더 이상 절망할 이유조차 바닥을 보여

나를 위해 여장을 풀어주는 이, 뻔히

아무도 없을 정읍역에 앉아

국수 한 사발, 찐 계란 두 개로

다른 세상 얼른

열어주던 정읍역에 앉아

누군가 버리고 간

비스킷 봉지에 붙은 햇살을

바스락바스락 먹어보는 바람

으로 정읍역에 앉아

겨우내 내리는 눈, 입 넘치게 받아 삼켜

마지막 말초신경까지 다 녹아 내린 뒤에야

제 맛이 난다는 동해안 덕장의 명태가 되고 싶던

정읍역에 앉아

미물론 —내장산 오르는 길

오창열

서래봉 매표소 지나 내장산 오르는 길

불출봉과 서래봉 갈림길에서 망설이는데

느티나무 가지에서 떨어진 애벌레 한 마리

가는 실에 매달려 허공을 대롱거린다

자벌레라고도 하고 아니라고도 한다

모르는 사람들은

미물일 뿐이라 결론짓는다

저 미물, 아득한 높이를 또 언제 오를꼬!

동료의 염려를 들으며

생각은 불출봉과 서래봉을 오간다

불출봉은 不出蜂일까?

만일 그렇다면

不出하고도 蜂이 되는 역설이라면

애벌레 바동거리는 텅 빈 공중도 길 아닌가

잠시 생각에 잠겼다 고개를 드니

길을 다 올랐는지 그 미물 보이지 않고

내 동행들도 보이지 않는다
갈 길 모르는 갈림길, 여기가 허공인데
아뿔싸, 내겐 저 미물의 실 한 가닥 없구나

동진강 베고 눈물 흘리는 전봉준

김용관

초근목피草根木皮는

땀을 흘리지 못해 울고

물고기 지느러미 날 세우며

헐떡이는 아가미 가슴에

숨이 차오른다.

파랑새 날갯죽지 꺾여

빛바래면 어찌 살거나

동진강 베고 눈물 흘리는 전봉준

가슴이 터져 피 흘리면

훨훨 산천을 날 수 있을까

푸르른 하늘이 그리운 파랑새

강줄기 따라 오르다가 지친

여린 백성들

바랑에 아직도 희망은 남아 있을까

무명옷에 지어미 슬픔이 묻어나는
세상천지는 어둠에 쌓여
가도 가도 끝없는 전라도 길

태인 교차로

주봉구

고향에는 시방도 풀잎 냄새가 난다.
고속도로에 산그늘이 낮아지고
성황산 꼭대기 까치집이 그림 같다

새벽을 여는 옥천사玉千寺 목탁소리.
억만 년 잇대어 흐르는 동진강 물소리
백성들 귀를 열어라

낙양리 공굴 다리 수리조합 백파제白波堤
해마다 풍년을 기약하는데
고부 땅 두승산에 울던 파랑새
어디로 갔나

노령이 뻗어 내린 마지막 용트림
내장산 타는 단풍 곱고 고와라

내장산에서

김영진

비자림 숲 원적암 금불상에서

단풍 마실 나가는 부처를 보았다.

둥그런 바랑에 무엇이 들었는지

한 짐 지고 바람같이 자취를 감춘다.

뒤따라 놓칠세라

불쿨봉 향해 발걸음을 재촉하는데

하늘에서 쏟아져 내리는 죽비

이리 피하고 저리 피하고

나무 사이로 몸을 날려도

정수리로 무수히 꽂히는 죽비

맑은 정각으로

눈을 들어 먼 산을 바라보니

내장에 불이 붙어

신선봉이 타오르고 있다.

정읍천 井邑川

김인태

아득한 시간을 품고
쉼 없이 흐르는
생명의 물줄기

행상 나간
남편 기다리던
여인의 눈물은
샘이 되어
물결을 이루니
어찌 그곳에
발을 담그랴

최치원의 학덕과
정극인의 절의가
나누었던 대화는

정읍 현감 이순신
녹두 장군 전봉준
기개 속으로
큰 내川를 이루었네

여보게나 잊지 마소

그대 또한
샘고을의 물방울
묵직한 걸음 남겨보세

사정읍思井邑

송동균

내장산의 요염한 정기
솔솔이 풀어내어
맑은 호수에 배를 띄우고
낚시꾼은 동학의 넋을 건진다.

들판 가르마길을
파랑새떼 머리 풀고
울며 울며 바다 쪽으로 빠져 나가고
두승산 푸른 마루
녹두장군의 핏발 진 목소리가
온통 산허리마다 감돈다.

바람이 쉬어가고 풍류객이 쉬어가며
구름이 멎어 정을 풀고 눈비도 양 같아라
달님은 바쁜 걸음 갈재에서 머물러
궂은 길 살펴 노니는데

골마다 집마다 고운 물자락은

돌담을 감고 감아

흥겹게 사립 울타리 내흔들고 있어라

김제

아버지 새가 되시던 날

서홍관

아이도 하나 낳은 신혼 시절
태평양전쟁 말기에
나가면 다 죽는다는 징병에 끌려가게 되었는데

어떤 도사를 만나
일본 헌병이 잡으러 오면 새가 되어 도망치는
술법을 익히던 중에

새가 되기도 전에
헌병이 나타나는 바람에
그만 규슈로 끌려가게 되었다지

돌아가신 뒤
좋아하시던 모악산 금산사에 모셨더니
사십구재 날
하늘 가득 눈이 내려

이제야 술법을 익히셨는지

눈 내린 소나무 위로 새가 되어

하늘로 날아오르시니

능제 저수지에 가면

한선자

떠도는 소문들이 몰려든다는

만경들녘 능제 저수지로 가보아라

나뭇가지에 늙은 햇살처럼 앉아

깨알 같은 들녘 소문들을

물 위에 꼭꼭 심고 있는 새들

냉이가 보리풀과 바람나서

벌써 아이를 낳았다느니

갈대는 청둥오리 둥근 엉덩이만 바라보며

총각으로 늙어가고 있다느니

새들이 쏟아내는 말들로

귀가 더워진 물고기들이

나무의 발등을 타고 올라

귀 대신 입을 씻는다

바람 탄 풍경소리를 내며 비릿한 입소문들이

공중으로 사라진다

새벽이면 젖은 입술로 칼에 베인 물들을 빨고 있는

나무귀가 아흔아홉 개나 열린다

나도 내 아린 말들을 거기 뱉어놓은 적이 있다
봄마다 나 대신 노란 꽃들이 통증으로 피어난다

망해사 望海寺

이문희

.

탑처럼 쌓여 있는
서류뭉치들을 모른 체하겠습니다. 자,
지금부터 나는 부재중입니다

제 꿈은 어디에 있는 걸까요?
갈매기만 꿈을 꾸는 걸까요?
오늘은 잃어버린 나를 찾겠습니다
새털처럼 가벼워질지 누가 알겠어요

저 바다 멀리 마중 나가렵니다
양손 가득 무언가 들었다가도
돌아올 때는 늘 빈손이었지만 오늘은
두 주먹 꽉 움켜쥐겠습니다
마음속에 연등 하나 밝히겠습니다

창조헌 마루에

부려놓았던 하루를 거둬들일 시간입니다

갈매기도 끼룩끼룩 제 집을 찾아갑니다

눈이 짓무르도록 바다나 보고 가지만

그만 지루한 하루는 잊겠습니다

만경강

김환생

밤마다
만경강엔
눈물이 흐른다.

가난을
강물에 풀면
한 천 년쯤
솔松 빛으로 흐를까?

평생을
빈손인 가을에도
숯불 다림질로
가난을 곱게 펴 오신
어머니

어머니의 굽은 등이

노령처럼 서러운데
기러기
시린 울음
만경강을 맴돌다
별빛으로 흐른다.

유월 —징게맹경 외애밋들

김유석

보리밥나무 열매 속으로 붉음이 스며든다. 붉음은 유월
에 익는 것들의 감정 비긋이 열린 마당을 적시는 눈시울이
생혈生血 같다. 푸른 몸에 받는 붉음은 공연히 서럽고
  빈집을 들른 저 빛은 뒤늦게 건네는 기별 같아서 마당귀
늙은 감나무의 귀가 닳고 붉음이 제 몸을 휜다. 가지 아래
더운 숨결이 고인다.

  그늘을 쓰면 해 묵은 배고픔이 내려얹히는 한철 저 붉음
은 어디서 오는가, 보리누름 망연히 지켜 선 몸에 사무치듯
벌레들이 끓는다. 그렇게 밖에는 지울 수 없는 제 몸의 붉
음을 맛보며 나무는 늙고 익는다는 것은 조금 늦게 오는 통
감痛感, 저 붉음으로 다시 들 곳 이번 생에는 없어

  저절로 짓무르는 기억들…… 버려지듯 떨어진다.

그리운 연꽃 등불 하나 —연가戀歌 1

한승원

초파일에 그리운 연꽃 등불 하나 너를 위해 달았다
금산사 가는 산굽이 위에서
밤은 별들을 초롱같이 켜달았다
이 여름엔 나도 한 점 혼령이 될 거나
눈 부릅뜨고 수묵화 같은 너의 숲을 헤매는
철 이른 반딧불이나 될 거나.

구성산가

유강희

에헤야 내 진작 왜 몰랐던고
사랑도 눈물도 가고 나면
찔레꽃 덤불 흰 꽃잎마다
뻐꾹새 울음도 붉게 타는 것을

에헤야 고향 떠나 부모 떠나
낯선 땅 낯선 동네 내 왜 왔던고
무얼 이뤄 무얼 바라 내 여기 왔던고
소주 한 잔에 푸른 바다 그리워라

에헤야 동무야 구성산 가자
부슬부슬 비 내려 내 왜 왔던고
가고 옴도 모두 쇠게들 한 바람인데
구성산 넘는 저 흰 구름 너일레라 너일레라

모악의 달

황송해

할 말이 있으면 해봐라.

거기서 서성이지 말고

너는 내가 외면하는 까닭을

알고 있지 않느냐.

너만 보면 가슴이 시리고 아리다.

새벽이면 떠날 것을 알기 때문에

충만함도 싫어진다.

거기서 서성이는 너의 자태를

더는 바라보기 힘들다.

너만 보면

잊힌 줄 알았던 사람도

미워하던 사람도 차지게 그리워진다.

분명 할 말이 있는 줄 알고 있는데

그냥 모악산에 걸쳐 놀다가는

달이라고 말하지 마라.

또랑길

이병초

동진강 가는 또랑길
보릿대 태우는 냇내가 무덥다
내 손바닥 잔금들이
소쿠리 바닥 찍어놓은 것 같다고
쫑알대는 지지배를 따라왔던 길,
논고랑에 튀는 가물치를
삽날로 찍어냈다는 말에
갯버들 속에 물떼새들이 푸드덕
날아오르던 길, 아이 깜짝야, 니가 시켰지?
너 이담에 뭐 될라고 그러냐?
내 겨드랑이 깊숙이 박힌 날갯죽지를
지지배는 다짜고짜 끄집어내려 들었고
노을 깔리는 강둑길에 지지배를 업고
갯내 짠 내 뒤엉킨 뻘밭 속에
나는 푹푹 빠지고만 싶었다
와리바시로 쌈장을 찍어 바람벽에 써 보던 이름

동진강 둑길에 깔리던 달짝 같은 시간을
나는 자살처럼 아꼈다
너 이담에 뭐 될라고 그러냐, 쫑알대는 목소리가
동진강 가는 무더운 또랑길에
풀잎처럼 자꾸만 둥글게 휘어진다

동령 느티나무

김영

행촌리 어귀에는
봄마다 촉촉 젖은 말씀이 돋아나는
느티 한 그루 서 계신다
사람들이 죽고 살고를 반복하는 오백 년 동안
뿌리 끝으로 땅 속의 어두운 틈을
바지런히 더듬어 길을 내느라
느티는 오백 개의 뿌리골무를 갈아 끼었겠지

지렁이와 두더지가 파 놓은
흙의 길을 더듬기를 오백 번
눈비 오시고 바람 불기를 오백 번
까치가 둥지를 짓고 허물기를 오백 번
보호막이라고 믿었던 껍질을 퉁퉁 터트리기를 오백 번
제 무게에 넘어가지 않으려고
뿌리밧줄로 차디찬 바윗돌 끌어안기를 오백 번
둥치에 기대서서 세상의 비린내를 씻는 사람의 머릿결을

산들산들 쓸어보기를 오백 번

그러나 나를 읽지 마
구운밤 닷 되에 싹이 나도록
오백 번도 더 너를 잃어버려

남원

실상사의 돌장승 —지리산에서

신경림

지리산 산자락

허름한 민박집에서 한 나달 묵는 동안

나는 실상사의

돌장승과 동무가 되었다.

그는 하늘에 날아 올라가

노래의 별을 따다주기도 하고

물속에 속꽂이해 들어가

애기의 조약돌을 주워다주기도 했다.

헐렁한 벙거지에 퉁방울눈을 하고

삼십 년 전에 죽은

내 삼촌과 짝이 되어

덧뵈기춤을 추기도 했다.

여름 산이 시늉으로 다리를 떨며

자벌레처럼 몸을 틀기도 했다.

왜 나는 몰랐을까

그가 누구인가를 몰랐을까.

문득 깨닫고 잠에서 깨어나 달려가 보니

실상사 그 돌장승이 섰던 자리에는

삼촌과 그의 친구들만이

튕방울눈에 눈물을 그득 담고 서서

지리산 온 산에 깔린 열나흘 달빛에

노래와 얘기의

은가루를 뿌리고 있었다.

교룡산성

김동수

희뿌연 안개 서기처럼 깔리는 굴헝.

새롬새롬 객사 기둥만한 몸뚱어리를 언뜻언뜻 틀고, 눈을 감은 겐지 뜬 겐지 바깥소문을 바람결에 들은 겐지 못 들은 겐지 어쩌면 단군 하나씨때부터 숨어살아 온 능구렁이.

보지 않고도 섬겨 왔던 조상의 미덕 속에 옥중 춘향이는 되살아나고 죽었다던 동학군들도 늠름히 남원골을 지나가고 잠들지 못한 능구렁이도 몇 점의 절규로 해 넘어간 주막에 제 이름을 부려놓고 있다.

어느 파장 무렵, 거나한 촌로에게 바람결에 들었다는 남원 객사 앞 순대국집 할매. 동네 아해들 휘둥그레 껌벅이고 젊은이들 그저 헤헤 지나치건만 넌지시 어깨 너머로 엿듣던 백발 하나 실로 오랜 만에 그의 하얗게 센 수염보다도 근엄한 기침을 날린다.

산성山城 후미진 굴헝 속, 천 년도 더 살아 있는 능구렁이, 소문은 슬금슬금 섬진강의 물줄기를 타고 나가 오늘도 피 멍 진 남녘의 역사 위에 또아리치고 있다.

상사보 —춘향별사 3

곽진구

봄이 오면
녹음이 무성한 왕대 숲이 집 안으로 들지 못하도록
골을 치고 돌담을 만들어놓으면,
대나무는 그걸 알아차리고 더는 침범치 아니하고
담을 따라 어린 순筍을 잡고 돌며
고운 댓잎을 반듯하게 뽑아 올리곤 합니다
담 하나 넘으면 그만인 것을,
그 짓은 차마 못하겠다고
뒷담에 서성이다가 돌아가곤 하는 것이
어디 말 없는 저 대나무뿐이겠어요

보세요, 봄 향기에 이끌려 와선
더는 안 되겠다고 마음의 금을 그어놓고
담 없는 담 너머에서
제 가슴팍만 쳐대쌌는 도련님,
도련님의 눈빛도 꼭 그러합니다

춘향의 노래

복효근

지리산은
지리산으로 천 년을 지리산이듯
도련님은 그렇게 하늘 높은 지리산입니다

섬진강은
또 천 년을 가도 섬진강이듯
나는 땅 낮은 섬진강입니다

그러나 또 한껏 이렇지요
지리산이 제 살 속에 낸 길에
섬진강을 안고 흐르듯
나는 도련님 속에 흐르는 강입니다

섬진강이 깊어진 제 가슴에
지리산을 담아 거울처럼 비춰주듯
도련님은 내 안에 서 있는 산입니다

땅이 땅이면서 하늘인 곳
하늘이 하늘이면서 땅인 자리에
엮어가는 꿈

그것이 사랑이라면

땅 낮은 섬진강 도련님과
하늘 높은 지리산 내가 엮는 꿈
너나들이 우리
사랑은 단 하루도 천 년입니다

남원역

김영기

그대 내게 올 때는 KTX 타고 와라

한눈팔지 말고 뒤돌아보지도 말고

휘파람 불며 날아와

조명 없는 승강장 역 명판에 파르르 꽂혀라

가슴 뛰는 전설 하나 황급히 등불 밝혀

조랑말 타고 나갈 것이니

거기서부턴 천천히

아주 천천히

만복사 돌장승과 저포 놀이도 하고

김삼의당 부부의 소설 같은 얘기도 들어보자

조국의 위기에 만인이 목숨 바친 애국심도 사랑이고

요천변 동학 발자취 또한 사랑과 고난의 길

변강쇠 사연이며 흥부 놀부 다 만나봤으면

광한루로 가보자

연인과 함께 있는 시간만큼 빠른 것은 없으니
열차를 오작교 삼아 내게 건너올 땐
수천 마리 까치의 날갯짓으로
견우, 직녀 요란한 발자국 소리로 와라

바람을 거슬러 거슬러서
힘차게 꼬리 치는 산천어로 왔다가
가슴 밑바닥까지 환히 보이는
맑은 사랑만 담고 간다면
견우, 직녀가 된다 한들 무엇이 두려우랴

아, 남원

소재호

남원은 박물관이다
살아서 꿈틀대는,
사람들 생애는 제각각 소설이고
골목골목은 전설이다

땅을 파면
빛과 어둠이 반반씩 쏟아져 나온다
산 사람과 주검이 도란도란 이야기하며
만 명씩 구덩이에 묻혔다가
노랗게 뻐꾸기 울음으로 돌아나온다
조선의 난리는 예서 이미 녹슬고
제비꽃만 한 맺혀 그렁그렁 퍼렇다

남원의 요천은
은하가 밤마다 내려와 흐르는 강
별빛 반짝반짝, 은빛 은어떼

순한 농부들 더디게 걷는
논두렁길 가랑가랑 따라가면
만복사 부처님만큼 눈웃음 자비로워

남원의 사랑은 이별이 없다
어제 이별이었다면 오늘 다시 맺어지는
춘향의 사랑
남원은 가슴 깊숙이
조선 사람들의 고향이다

실상사 철조여래좌불을 만나다

정동철

이 안에 무엇이 들었나 쇳덩이를 얹어놓아 가슴이 답답
한 것인가 쇳덩이 무게로 세상 중심 잡고 있는 것인가 이도
저도 아니고 간밤 약사전에 내린 벼락 천둥 소나기에 아랫
구녁부터 윗입술까지 새까맣게 타버렸다는 얘긴가

낮술에 취해 불콰해진 김에 왈짜패들 잡아다 늘신 두들
겨 패줄까 욕심 많은 인간들 제도한 셈 치지 험한 세상 셋
방 얻어 살다 보니 부처도 힘께나 쓰지 않고는 행세를 할
수 없다 달포 전에 부러진 코뼈에서 찬바람이 나는데 오늘
은 해탈교 건너 약사전 네거리로 나가볼까

오늘 저 망나니 부처
둥근 해를 무릎에 앉히고
엉덩이 토닥거려 낮잠을 재우네
아니 해는 서녘에서 말똥거리고
혼자서 졸고 있네

146

겉은 단단해도 마음은 비웠으니
절간 사는 청설모한테 전전세를 내줬으니
웃지 않으려고 하니 비로소 웃는 것처럼 보이네

실상사 철불은 새들하고 친하고 촌수는 다람쥐들과 가깝
다네 물컹하신 금부처보다는 무쇠주먹이 낫다고 설법 하시
다 다른 부처들한데 따돌림을 당했다네 쪽팔리게 산중에
안 있고 대처에 나와 있겠다고 여여히 왔다 가기에는 다 틀
렸다고

나는 자비보다 저 두툼한 주먹이 무섭다고 아이구 한 방
맞을까봐 얼씬도 못하겠다고 까불다가는 저승 밥도 못 찾아
먹고 황천길 재촉하게 생겼다고 산문을 나서는데

─ 너는 어디로 가고 있느냐

해탈교 앞에서 기어이 그 심술궂은 철불과 마주치고 말
았으니

남원 집 툇마루

한영수

즈이 아배와 즈이 어매가 겸상을 했다 좌우 손을 고루 쓴다. 오래 씹는 밥알에선 단맛이 난다 앞산이 스민다 산을 기대 깜박, 앉은잠을 잔다 새가 온다 나무가 시끄럽게 울어도 왜냐고 묻지 않는다 대추 꽃이 늦게 피어도 재촉하지 않는다 덜어내서 더해진 집 바람이 들이치는 대로 마당의 일부가 된다 물 한 사발을 마시고 나는 즐거워했다

손으로 강을 그리고 강물을 만지작거린다 떠내려가는 것이 전부는 아니다 물돌이 땅 무심마을 같은 데 땅에 가까운 툇마루에 걸터앉는다 오후의 툇마루를 데려오고 있으면 강이 여울을 만든다 여울이 모래톱을 만든다 옛날 일이다 꿈은 위험하다 꿈을 꿀 때마다 나는 목소리를 낮추는 버릇이 있다

지리산에 간다

송희철

그들 옆을 떠나
어느 날 세상 훌쩍 버리고 가듯
나 혼자 몸을 털고 입산하는데
눈발 흩날리는 미끄러운 길

겨울나무
눈으로 덮인 높은 산들이
백 리 밖에서부터
막막한 길 굽이돌아 앞장서가고

후미져 얼어붙은 골짜구니
흘러 떠도는
길 잃은 바람 동행하여
허전한 몸뚱이 하나 뒤따라가면

어서 오너라

눈 덮인 작은 어깨 감싸 안으며
칼 맞아 갈라진 몸 여기다 버리고
피멍든 가슴도 여기서 비우라고

어느덧
길을 막고 우뚝 서는
지리산이여

내 고향 남원

안도

요천의 시냇물 소리가
그리움의 산수화처럼
가슴에 출렁이는
내 고향 남원

춘향이 그네 끝에
매달린
교룡산 솔향기가

이도령
마패 주머니 속의
오작교 사랑이

아직도
살아 숨 쉬고 있어 좋다

내 마음 깊이에서
영혼이 지칠 때나
기쁨이 미소를 지을 때나

고운 눈빛으로
보듬어주는 내 고향 남원

고창

선운 동백

손택수

동백을 까는 건 볕에 맡겨라

난봉꾼처럼 꽃망울 슬슬 얼러대는

바람에게나 맡겨라

소싯적 나, 동백을 까본 적이 있다

꽃소식 기다리다 지쳐 쳐들어간 선운사 동구

이러다 어느 세월에 꽃을 다 물들일까

분단장 하고 손님들 맞을까

감질이 나서 더는 참지 못하고

다짜고짜 찢어발긴 동백

놀라워라, 동백은 처음부터

붉은 것이 아니었다

여민 멍울 속 순백의 속살을

연하디 연한 핏빛 한 점이 물들이고 있었다

이날 입때껏 내 손톱에 난 상처 자국이 아닌지

흰 속옷에 묻어 있던 그 한 점이 내내 화끈거린다

그러니, 동백을 깔 수 있는 건

여관 집 처마 아래 그냥 왔다 가는 햇볕
부끄러운 눈으로 가지만 슬슬 문지르다가
온다 간다 말도 없이 그냥
있다 가는 그늘

그분이라고 소개하고 싶은 나무

나혜경

선운사 도솔암 가는 길
한눈에 반한 잘생긴 소나무 한 그루
다가가 깨금발 딛고 사귀자고 귓속말하고 싶다
내가 40년 동안 사귀어 온 애인들을 다 잊을 것이니
600년 동안 다녀간 수많은 애인들을 다 잊을 것이니
집 앞 회화나무에 대한 내 오랜 짝사랑이라거나
백담사 자작나무에 대한 그리움도 지울 테니
나와만 천년만년 뜨겁게 연애하자고,
그대의 애인이 되면 나도 그대를 닮아
사철 푸른 청춘일 것 같다고
소곤거리고 싶다

고창 선운사

장석남

국화 허리가 물들어서
정강이는 시들어서
거기 절을 짓고 굴을 파고
향기처럼 소멸을 빌다 보니
동백이 오고 있다

수만 붉은 절을 짓고 들어가
국화를 부르리
꽃밭 두드리는
법고 소리

선운사 동백숲

김형미

선운사 절문 앞에 늦도록 앉아 있었네

꽃들은 모두 한 곳을 바라보고 있었네

죽음이 이미 와 있는 방문 앞보다

더 깊고 짙은 어딘가를 향하고 있는 꽃들

동백을 홀로 바라본다는 일은

큰 산 하나 허물어져 내릴 만큼 고독한 일

어쩌면 기억도 아득한 전생에서부터

늑골 웅숭깊도록 나는 외로웠네

꽃핀 숲보다 숲 그늘이 더 커 외로웠네

하여 봄볕에 흰 낯을 그을리며 나는

선운사 절문 앞에 한 오백 년 죽은 듯이 앉아

동백이 피고 지는 소리를 다 듣고 말았네

큰일 치룬 뒤의 동백숲이

어떻게 마음을 정리하는지를 다 알고 말았네

이제 붉은 피가 돌았던 내 청춘은

이끼 낀 돌담 속에나 묻어둘 테지만

고난이 더할수록 가슴은 설레어

선운사 동백숲에 작은 위안이 지나가네

고인돌, 우리들의 오래된 미래

오강석

거대한 바윗덩이를 밀치고, 6천 살쯤 된 돌맨Dolmen이 동공의 먼지를 털며 걸어 나온다 해도, 꺼묻거리도 없는 가난한 돌맨들이 유행 지난 마제석기나 깨진 무문토기를 들고 불쑥 나타난다 해도, 놀랄 일은 아니지 우리들의 거죽이 유리처럼 매끄럽거나 털로 덮이기 전에 그들은 우리의 동족이었거나 어쩌면 잘 아는 사이였을지도

태양을 지고 돌아서는 순간, 바위의 나이테는 거꾸로 회오리치고, 태고의 울음을 향해 조금씩 작아져 마침내 먼지로 돌아가지, 거꾸로 걸어야 하는 불편을 감수해야겠지만 놀랍지 않아? 지구 돌맨의 반 이상이 한반도에 있다는 사실이

먼 옛날 우리 모두가 돌이었을 때, 우리가 조약돌이나 또는 이름 없는 별이었을 때, 우리가 채석장의 암맥으로 흐르다가 마침내 물이 되기도 하던 때, 처음 사랑을 발명한 이는 누구였을까?

서로의 얼굴을 기억하자 오래된 미래의 어느 날, 우주를

떠돌던 우리는 분명 고인돌이 되어 다시 만날 테니까

구시포 소식

박종은

구시포에서
바다 한 자락 오려 보낸다 합니다.

품고 있던 태양을 꿀꺽
통째로 삼키고, 걷잡을 수 없는 일렁임으로
가슴이 펄펄 들끓는 바다

뭍을 만나고 싶은 마음에
황야를 달리는 말떼처럼, 드세게 파도를 내몰며
제 몸 주체하지 못하는 바다

미늘에 걸려 있는 추억마다
툭툭 불거져 부화한 형형색색의 어족들이
초롱초롱한 현실을 물고 유영하는 바다

짭조름하고 비릿한 입내로

베갯머리 귀에 바짝 대고 새살거리고 싶어

끝내 잠 못 드는 바다

읍내도

조각배 뜨고 갈매기 훨훨 납니다.

선운사 목백일홍

박일만

이마에 흐르는 땀을 훔치며 절은
막 번지기 시작한 초록을 펼쳐 보였다

바라보면 아쉬움만 가득한 숲에서
흰 관절을 드러내며 악수를 청하는 그를
배롱나무라고도 했는데

동백꽃 지고 처서까지 가는 계절을 이으며
절간 자락을 붉게 붉게 흔들며
온몸을 달군 채 반겼다

먼 길 찾아 나선 내 발목 가시를 빼주며
잊지 않고 지켜온 맨살로,
눈물 섞인 얼굴로 바라보던 당신

통곡이라도 하고 싶은 절 마당에서

당신의 결심은 단호하고
돌아가야 하는 길은 멀고
이내 아득해지는 숲을 보며 우리는
빈 배처럼 줄에 묶여 흔들렸다

쉽게 떠날 수 있을까
당신은 또 쉽게 잊을 수 있을까
대웅전에서 관음 앞에서
게걸음을 끌고 온 내 일상이 비로소
합장한 탑을 닮는다

자진하는 불빛
제 몸을 덥혀서 산야에 번지는 초록을 식히는,
자미화라고도 했다, 당신

고창 고인돌 앞에서

정복선

문득, 절하고 싶은 시대가 있었다지
닿을 수 없는 별을 가만가만 연줄 당기듯
당겨오고 싶었나 봐
그런 그리움은 저기 철썩이는 해안선 산책로에
돌멩이들처럼 아직 떨구어져 있을 거야
한 죽음이 다른 별과의 해후가 된 그 시간
하루가 치자꽃빛으로 물들고
별들이 문을 열고 내다보는 창가에도
치렁치렁 꽃향기가 늘어뜨려져 있었을 거야
그런 시대는 빙산으로 얼어붙고
아무도 더는 선돌로 일어서지 않는 날들만 남았지
어느 세상으로 가는 문인지도 모르는 우리를 위해
절 한번 하고 돌아서야지

도솔암 가는 길

김선우

이상하다 이 길은
어느 곳에서 바라봐도 구부러져 있다

길을 따라 내 몸도 구부러져
두 다리에서 네 발로
온몸으로 길 위에 눕게 되었는데

아름다운 비늘, 날랜 짐승 하나가
내 허리를 감치며 수풀로 사라지고

꿈이었을까
직립하던 슬픔은

스물아홉에 출가한 불혹의 누이가
내 전신을 스치며
동안거 든다

선운사에 가서

정철훈

선운사 잔디밭에 누웠더니

동백 두어 송이

내 귓불처럼 후끈거린다

이내 제 목을 떼낸다

바람이었을까, 꿈이었을까

한때 혁명처럼, 불꽃처럼 매달렸던

동백이 피고 죽는 날

나는 갓 피어 흔들리는 꽃송이보다

상춘객들의 발에 밟혀

피를 흘리며 죽어가는 꽃들과

눈을 마주친다

귓불이 뜨거운 것은

떨궈야 할 꽃들을 내가

아직 달고 있기 때문인지 몰라

다시 귓불이 후끈거리고

동백숲에는

평생 한 번도 피지 않은 꽃도 있을 것이다

차라리 아름다울 것이다

무주

안국사安國寺에서

김남곤

주지스님은 산문을 밀치고 나가셔서
며칠째 소식이 없으시다
그러시든 말든 재월스님은
웅크린 황소만한 쑥독 속에
산도라지빛 하늘을 내려놓으시고
희디흰 수련 한 송이를
어여삐 웃기신다
그 사이 키가 닷자나 자란
천불님들이
어깨 짜고 가지런히 법당에 내려오셔서
망사 같은 햇살 자락을
한 겹씩 붙잡아 걸치시고
쑥스럽게 어디 가시는가
재월스님은 부산나케
문지방을 넘나들며
천 리나 만 리나 그 행적을

능히 살피시는지
웃으랴 말랴
눈길도 주지 않으신다

입동立冬, 나무들

이봉명

첫눈이 내리고,
하얗게 눈이 쌓인 가지
새 다섯 마리 앉아 있다
날마다 바라보던 적상산 끝
귀밑머리 하얀 아버지 같다

아무도 기억하지 않는 마을
그 작은 집의 여윈 사내를
잡목 숲에서 날아온 새들이 맞는다
겨울은 길이 있는 곳에서
혼자 돌아가야 한다
햇빛도 없는 뜰에 앉아
마른 가슴은 눈을 감는다
잠시 아득한 이승의 마을에서
꽃들의 이야기 귀 기울이며
바닥까지 쓸어 놓고

상처 깊은 어머니의 신음소리 듣는다

어머니, 믿을 수 있는 것은
당신입니다
보십시오, 나무들 옷 벗고
온몸으로 끌어안는 세상은
뜨겁거나, 목마르거나
서로서로 몸 부비고
조금씩 나누어 지피며 살아요
살아남은 자는,
스스로의 무게를 가누며
눈발 날리고, 찬바람 불어도
주저앉지 않아요

어머니, 나무를 보아요
죽은 듯 살아서 꽃은 피어요

덕유산

서재균

코에 닿을 듯
깎아 세운 산등으로
두어 시간 기어오르면
남의 울안 들여다보듯
고개 쑤욱 빼고 서 있는 향적봉.

허리춤에 손 얹고
한 바퀴 돌면
온 천지가 내 발아래서
서성거린다.

서쪽엔 전라도
동쪽엔 경상도
북쪽엔 충청도

금강산으로

지리산으로
백두산으로 이어지는
가파른 숨소리 들린다.

얏호.
소리 지르면
모두가 뒤돌아볼 듯
가까운 이웃이다.

라제통문 羅濟通門

이목윤

옛날부터

무풍 쪽에서는 백제로 가는 문이라 백제문

설천 쪽에서는 신라로 가는 문이라 신라문

구천동 굽이굽이 물굽이

엎어지며 꼬꾸라지며 넘어져도 일어나

금강으로 떠나는 세월이 가듯

때로는 남풍으로 북풍으로

어딘지 모를 하늘에 뜬구름 일어나

인연처럼 계절이 가고 오듯

떠나며 달궈내고, 돌아와 다듬어낸 수석壽石 같은 이야기

가슴으로 남고 바구니로 담아 놓았네

더러는 잊어지고 더러는 바뀌어도

곰삭아 윤이 반짝이는 홍예문虹霓門

너 가고 나 떠나도 미운 정 고운 정이 남는

여로의 길섶에 꽃말의 씨알들……

아직 남은 그리움의 땅

반딧불처럼 여기 있어

호랑이 담배 피우던 옛날, 옛날 그리움의 땅

하늘 멀리 멀리 별이 빛나는 그리움의 땅

도토리묵

이병수

덕유산 칠연폭포 골짝
낙엽이 수놓은 산비탈에서
도토리들 몰려와
저마다 명당이라는 터를 잡고
산속 깊이 흐르는 침묵에 무거운 소원은
별들이 길 내어도 떠나지 못하고
하늘을 날고 있는 새를 본다.
말거리 아줌씨들은
통통하게 살이 찌고
윤기 흐르는 도토리 주우러
김치볶음밥 등에 메고
산길로 들어서는 길목에
다람쥐가 안내를 한다.
그늘 속에 자란 나무들은
보호라도 하듯 길 터주지 않고
마음 덤불 속에 고개 내민다.

운이 좋아 낙엽 밑에 숨어버린 너는
생명의 무게만큼 살아야 하고
하늘의 부름 받았는지
숨지 못한 도토리 맷돌에 가루가 되어
대대로 물려받은 가마솥
도토리묵
할머니 입맛으로 온다.

덕유산 20 —유년의 겨울
박상범

1.

토끼 올가미를 들고 언 손을 입김으로 녹여가며
눈 덮인 겨울산을 헤쳐 나가면
흰 산등성이 잔솔밭에서
까투리 한 마리 푸드득 새파란 하늘가로 날아가고요
그때, 땀땀이 떠가던 누님의 수틀
그 애잔한 전설 속으로 꿩은 날아들었을까요?

해 질 녘 솔가지연기 산 그림자 속으로 퍼져 나가는 산마을
어느 사냥꾼의 총에 맞았는지 붉은 핏자국 눈 위에 새기며
달아나는 산 노루를 좇다가 날 저무는 줄 모르고 우리는
그 가엾은 짐승을 그리워하며 길을 잃고 서서 까닭모를
슬픔에 저녁 해는 서산으로 뚝 떨어지고요

이른 아침부터 아이들은 짓까불며 바람 부는 강가로 달
려 나가며

184

어제의 슬픔 같은 건 온데간데없고
무슨 일을 저지르고 싶어서 좀이 쑤시어
살얼음 서걱이는 갈대밭을 온종일 헤집고 다니면
아, 그때 우리는 마냥 미지의 세계로 달려가고 싶은
가슴에 불씨를 숨긴 한 줄기 어린 강이었습니다

질화로에 숯불이 하얗게 사위어 가는 겨울밤
할미의 젖가슴에 묻히어 잠이 들면
밤새 올가미를 잘도 빠져 도망가는 토끼를 쫓아
우리는 눈 내리는 온 산을 헤매고

2.
눈 내리는 들판에서 아이들이 모닥불을 피운다
한 움큼씩 어둠을 집어 불 속에 던지며
아이들은 모닥불로 피어오른다
산도 꿩도 강도 노루도 마을도

아이들과 함께 모닥불을 쪼인다

백련사에서

송재옥

구천九天을 구천 굽이돌아
덕유산이 내려왔네

휜하게 맑힌 얼굴 씻고 헹구고
몇 겁을 바래고 바래
백련白蓮으로 피어났는가

여름밤 소슬히 서리 찬 선수당
스님은 부처가 되어
산허리 뜬구름을 깔고 앉았네

물소리 서성이는 하룻밤 뜬눈에
산정山情이 잡힐 듯 거기 있어
돌아오려니 되돌아
다시 가보고 싶네

가을 적상산 그리고 나

전선자

적상산 안국사 앞마당에는
보살이 잡숫다 흘리고 간 홍시와
무게를 못 이겨 저절로 떨어진 홍시가
널브러져 있다
여기저기 그 많은 아픔
홍시만치 불콰해져
어두운 시대를 어둡게 살아온 흔적들로 남아 있고

극락전 벽마다 단장된 벽화
밝은 색 단청이
이야기의 맥을 짚어
한꺼번에 왁자하니 쏟아놓은
생애처럼 그려 있다

홀연히 떠난 스님의 뒷그림자만
바라보며 지키는

가을 적상산 그리고
나

무덤, 덤

차주일

길 업고 온 양지와 등고선 업은 음지가 맞선 괴목리

당산괴목 한 그루 길과 등고선을 묶어 놓았다

그 매듭 풀지 못하도록 버티는 것이 당산의 업이어서

음지의 몸통인 산으로 더 뻗지 못한 길

괴목 몸통 곳곳에 불거져 요동친다

우듬지까지 점령한 길이 삽날을 펼쳐 음지를 퍼낸다

괴목이 가지를 비틀어 길은 온통 헛삽질이다

녹슨 빈 삽인 채 나뭇잎 부러져 나간 뒤

당산은 죽어서도 혼만은 살려둔다는 말 읽으며

풍장 중인 괴목에 손 얹는다

괴목이 몸뚱이를 쓰러뜨려 제자리에 나를 심어놓는다

산으로부터 겁탈당하는 처자 울음소리가 밀려온다

매듭에서 풀려난 길들이 산으로 올라간다

이미 길과 근친인 나는 길을 막아내지 못한다

전기톱이 음지의 나이테를 헤아린다

굴착기가 덤프트럭에 음지를 퍼 담는다

그 길로 유방 같은 산 하나가 실려나간다

길에 홀쳐 죽은 음지에 양지맨션 몇 동 들어선다

무덤덤 비석 사이를 거니는 사람들 그림자가 없다

무주 적상산赤裳山

류희옥

어느 가랑이 큰 여신女神이

산

산을

한 발에 걸터앉아

지금

달거리 중이다.

(양도 많기도 하지

명년 봄에 얼마나

큰

봄의 아들을 낳으려는지)

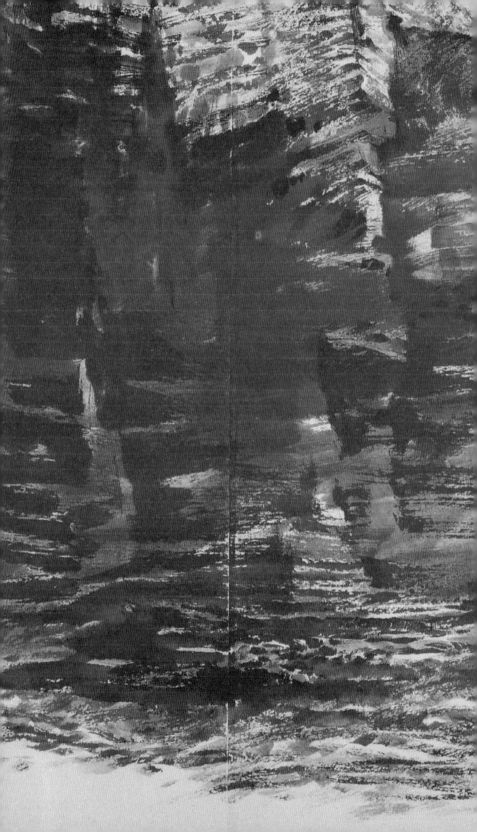

부안

곰소의 바다

김준태

곰소에 가면
전라북도 변산반도
곰소의 바다
온통 그리움으로 시퍼렇다

곰소에 가면
갑오년에 서해로 쫓겨나온
정읍 무장 고창 백산의 소나무들이
더 이상 바다에 뛰어들지 않고
검게 타버린 소금 바위에 뿌리내려
우우우우우 백 년 이백 년을 울부짖는다

아아 곰소에 가면
전라북도 변산반도
곰소의 어머니가
조선의 개똥참외보다 더 달고 야무진

아들딸들을 줄줄이 낳으며 살고 있다
곰소에만 있는 뻘밭에 깊숙이 들어가
서해의 파도와
낙지 녀석의 먹통 대가리를 억척스럽게 집어 올리는,

바다책, 채석강

문인수

채석강의 장서는 읽지 않아도 되겠다

긴 해안을 이룬 바위벼랑에

격랑과 고요의 자국 차곡차곡 쌓였는데

종種의 기원에서 소멸까지

하늘과 바다가 전폭 몸 섞는 일, 그 바닥 모를 기쁨에 대해

지금도 계속 저술되고 있는 것인지

또 한 페이지 철썩, 거대한 수평선 넘어오는

책 찍어내는 소리가 여전히 광활하다. 바다책

바다책, 바다책.

공부를 하지 않아도 되는 이 작은 각다귀들

각다귀들의 분분한 흘레질에도

저 일망무제의 필치가 번듯한 배경으로 있다

이 푸른 내용의 깊이를 잴 수 있겠느냐

미친 듯 몸부림치며 헐뜯으며 울부짖는

사랑아, 옆으로 널어 오래 말리는

채석강엔 강이 없어서 이별 또한 없다

부안에서 서울로 사람을 보내며

김영춘

누구나 보내는 것이니 나도 보낸다.
맛보면 신 눈물처럼 흘러올 안주도 말씀도
병 깊은 새 가슴만큼의 정다운 이브자리 온기도
서슴없이 모르는 척 버리며
쓰린 밥 한 그릇으로 버린 그대 가슴 채워
버스야 하고 조용히 불러
막막한 큰 하늘 서울 근처로
궁색하게 곱은 손 흔들어 보낸다.
어디 한번 떠나고 나면 그림자라도 남더냐
추웠으므로 쟈크 올리고 헛기침으로 돌아서는 길
뜨뜻한 것 말고 차가운 것 가두며
오랜만에 근심하는 일
사랑이 헛되면 어쩔까 어쩔까
서 있는 이 시절의 나무들 나뭇잎 돌아오고
첫눈은 너그러이 다시 내릴까.

줄포에서 보내는 봄 편지

이용범

포구는 이미 자신이 더 이상 포구가 아닌 줄 압니다
뱃길은 진작 지워진 손금이고요
메마른 갯벌에 햇살은 차라리 서럽습니다
봄입니다
빈 포구에 물결 대신 봄바람이 일렁입니다
갈대는 그리움으로 흔들립니다

떠난 사람은 남은 사람에게
남은 사람은 떠난 사람에게
그리운 편지를 씁니다
나문재가 불긋 파릇한 글씨로 마른 갯벌에 받아씁니다
ㅊ ㅏ ㅁ ㅁ ㅏ ㄹ ㄹ ㅗ
ㄱ ㅡ ㄹ ㅣ ㅂ ㄷ ㅏ ㅇ ㅣ ㅇ

모항 1 - 앞장불

박형진

별 하나 따서 구워서 불어서 식궈서 구럭에다 담고
별 둘 따서 구워서 불어서 식궈서 구럭에다 담고
별 셋 따서 구워서 불어서 식궈서 구럭에다 담고
……
……

한숨에 별 열을 따서 가슴에 안고 가쁜 숨을 내 쉬던 아
이야
수제비 먹고 그 별 하나씩 갱물에 물수제비 뜨던 아이야

지금도 앞장불에 달려 나가 손깍지 베개로 누우면 지금도
쏴아쏴아 자갈돌에 쏟아지던 은하수와 그 갱물의 별들
철썩이던 소리 들리겠느냐 삐걱삐걱 밤배 젓는 소리 갈
매기
울음소리 아스라이 지금도 네 여름밤의 꿈으로 꿈속으로
길을 내겠더냐

곰소댁

손세실리아

고등어 배 갈라 속 긁어내는데
단 몇 초도 안 걸린다는 곰소댁,
낭창거리는 칼날이
그 여자 잰 칼질의 이력이라는데

뱃놈 시절엔 계집질로 뭉칫돈 탕진하고
말년엔 노가다 십장질로 알탕갈탕 번 돈
노름방에 홀랑 갖다 바친 서방 덕에
새새틈틈 갈라 터진 손으로
등 푸른 어육의 배를 째고
물컹한 내장 그악스레 훑는다는
수협공판장 일용직 잡부 곰소댁

하루도 잘 날 없는 멍꽃에
신신파스 도배하듯 붙이며
"조강지처는 맷구럭, 첩은 좆구럭"

구시렁거리다 재차 쥐어 박힌다는

그 넋두리엔 소금기만 간간하다는데

빈속에 해장이라도 한 잔 걸칠 양이면

야속함도 탓함도 싹 잊어버리고

침 발라 헤아린 일당 단단히 챙겨

집으로 직행한다는 맹하고 선한 곰소댁

휘어진 등, 곱은 손!

내소사에서 쓰는 편지

김혜선

친구여

오늘은 너에게 내소사 전나무숲의

그윽한 향기에 관한 얘기를 하려는 것이 아니다

나는 지금 너에게 내소사 솟을꽃살문에 관한 얘기를 해

주고 싶다

한 송이 한 송이마다 금강경 천수경을 새겨 넣으며

풍경소리까지도 고스란히 담아냈을

누군가의 소명을 살그머니 엿보고 싶다

매화 국화 모란 꽃잎에

자신의 속마음까지도 새겨 넣었을

그 옛날 어느 누구의 곱다란 손길이

극락정토로 가는 문을 저리도 활짝 열어놓고

우리를 맞이하는 것인지

길이 다르고 꿈이 다른 너와 내가 건너고 싶은

저 꽃들을 바라보며

저 꽃에서 무수히 흘러나오는 불법을 들으며

나는 오늘 너에게 한 송이 꽃을 띄운다

나는 격포에서 운다

김기찬

더 이상 꿈만으로 삶을 진행시킨다는 것이 부질없을 때
나는 격포에 간다
옥양목 빨랫줄을 팽팽하게 당겼다 놓치는 파도 위로
하나의 사물처럼 나는 괭이갈매기를 보며
채석강 단애의 절벽 위에 서면
빨아들였다 뱉어내는 세상 일들이 무차별 부서지고 부서
지는 것이었다
검은 파도 속에 나의 성난 꿈들이 보인다
번뜩이는 야성의 이빨로 악을 쓴다
악을 악을 쓰며 절벽 밑을 물어뜯는다
항의와 절규는 놀랍도록 난폭하였다
상처 난 영혼을 가슴에 묻으며 나는 격포에 간다
늘상 그랬었다 삶은
험한 세월이 흰 갈기를 세운 채 무섭게 방파제를 향해 처
박히다 뒤집힌다
나보다 꿈이 부서지는 여기

나보다 꿈이 일어서는 여기

길이 끊긴 절벽 위에 서면

희망을 버리면 파도가 되는 것이 보인다

갈 곳 없이 한곳에 모여

아직 익사하지 않고 길길이 날뛰는 꿈들을

그물을 던져 건져 올릴 수 있을까

늘 사는 일이 힘들고 무언가 부대낄 때

뻘 속에 낙지처럼 숨구멍만 내놓고

끝내 세상 밖으로 나서고 싶지 않을 때

무의식에 빠진 우울증 환자처럼 나는 격포에 온다

내소사來蘇寺는 어디 있는가

김영석

> 갈 방향을 살피고 그가 간다는 것을 아나
> 가는 자는 끝내 그 방향에 이르지 못한다*
> ―조론肇論

이 땅 끝에서
눈과 바람을 만드는 변산邊山은
사시사철 때 없이 눈이 내린다
며칠이고 밤낮으로 내리는 눈은
드디어 온 세상 소리를 죽이고
지상의 온갖 것을 다 지워버리고
모든 길을 지워버려
천지는 한 장 백지가 된다
고요한 흰 백지 속에서
내소사를 찾아 헤매는 나그네여
내소사는 어디 있는가
나의 기억 속에 상기 남아 있는
빈 껍질 같은 이름이나 뒤적이며
하릴없이 길을 찾는 나그네여

저 하얀 허공에
내소사도 내소사 가는 길도
그 길을 가는 사람도 없음을
꿈에도 모르는 나그네여
내소사는 어디 있는가

변산반도의 바지락죽

윤현순

바지락 죽을 아시나요
자근자근 깨물면 더욱 특별한데요

바지락 육질이야 그만그만하겠습니다만
달 먹은 바람 품어 보기도 하면서
쫀득쫀득한 살맛이
쓴 입맛 달래기엔 그만입니다

새만금 개펄을 막자커니 안 된다커니
시비가 도를 넘어 여의도까지 시끄러운데요
직소폭포 거쳐서 월명암 낙조 구경하고
속 시원한 세상 냄새 온천에서 씻어낸 뒤
생글생글 기다리는 바지락죽 한번 맛보세요

언젠가 변산반도의 바지락 맛
사라져 버릴지 뉘 압니까?

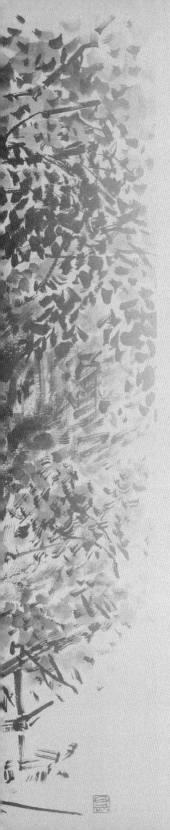

순창

다슬기탕 이야기

최승범

콩나물국밥 아닌 다슬기탕으로
음식점 찾는 친구도 있다
식성은 나름이거니 탓할 것 있으랴

난 어려서부터 다슬기국을 좋아했다
포롬한 국물 빛도 나풀거린 수제비 잎도
빙빙빙 돌려 속 빼먹는 재미도 적잖았다

어제는 늦바탕에 순창 장군목 찾아
요강바위 옛얘기도 챙겨 듣고
골 깊고 물 좋은 산수경에 시름도 잊었다

장군목 토종가든 물러나며
다슬기탕 비결 챙기자 이 고장 이어온
순창의 인정 탓 아니것냐며 허허 웃는다

녹죽원綠竹園*

설임수

대나무!

참말로 좋다

하늘로 치솟아 기개가 좋다

마디마디 퉁소 소리 태평성세

세월이 비워지는 음악이 좋다

곧은 선비의 배려가 좋다

시퍼렇게 출렁이는 하늘 땅

검푸른 바다가 좋다

정말로 좋다 대나무

푸른 댓잎 파도 소리가 좋고

사각사각 발자국 소리가 좋다

또 새들의 노래가 모여지는 곳

대나무 새새로 별들의 얘기가 좋고

어머니 품안 같은 고향이 좋다

옛 선비들의 이야기가 좋다

* 순창군 금과면 동전리 우국지사 설진영 남파서실 뒤에 있는 대밭 이름.

강천산에 단풍 들 무렵

우미자

붉게 물든 강천산 산자락에 홀로 앉아
오래오래 단풍든 나무들 바라보고 싶었네
가을 햇살 속에 서서 찬란하게 타오르는
나무들, 기쁨으로 바라보고 싶었네
찬란하다 못해 서럽기까지 한
그 애틋하고 맑은 단풍나무들
슬픔으로 오래오래 바라보고 싶었네

그러나 나 없어도 단풍나무들
손가락까지 물들어버린 그리움으로
숨겨왔던 붉은 마음 주고받으며
그토록 간절하게 사랑 노래 부르던
강천산 단풍나무들, 나 없이도
선명하고 아름답게 불타오를 테지만

나 올해, 오래오래 그네들 옆에 앉아

수런대는 그네들 저물도록 바라보고 싶었네

내 사랑도 붉은 눈물 폭포수로 쏟아내어

강천산 능선마다 훨훨 불태우고 싶었네

웃동네 통시암

신형식

고향집 바로 옆에 '통시암'이 있습니다.

간이 상수도를 설치하기 전까지만 해도 우리 동네 사람들이 보물처럼 여기던 공동우물입니다. 웬만한 가뭄에도 끄떡없고 물맛이 기막혔기 때문입니다.

해마다 모내기 전 좋은 날 골라 동네 장정들이 모여 우물을 퍼내는 대청소로 그 해 농사가 시작되었지요. 한여름에는 여남은 개씩 주렁주렁 매달린 김칫독이 있어 두레박질할 때마다 여간 조심스러운 게 아니었습니다.

나는 그 우물이 우리 집 바로 옆에 있는 것이 그렇게 자랑스러울 수 없었습니다. 대청마루에 턱 누워 있노라면 누구네 모내기가 언제고, 누가 누구를 좋아하고 싫어하고 다 털어놓는 물 긷는 동네 아주머니들의 이야기가 우리 집 것이었으니까요.

그러다가 '새마을 운동'으로 이집 저집 블록 담이 올라가
는 바람에 통시암이 멀어지고 말았는데, 그통에 나는 웃동
네 이야기를 함께 잃었습니다.

지금도 고향 생각 할 적마다 못내 아쉬운 것은 사라진 개
나리꽃들입니다. 통시암 옆으로 동네를 길게 가르는 도랑
가에 우북이 자라던 개나리들. 나는 그 꽃으로 온 동네를
노랗게 물들이던 봄날의 고향을 잃었습니다.

둥근 집

박만식

거시기한 것들이 참 구성진 순창 장터
워매 사람도 겁나게 많다며
사내 몇이 순대 국밥집으로 몰려간다
아침햇살은 만물 좌판 돋보기 걸치고
둥근 하늘 찰랑대는 옹기전으로 옮겨간다
누가 이 단지 속 답답함 퍼내줄까
경운기에 털털 실어
모란꽃 환하게 켜진 뒤란 장독대로 옮겨줄까
갑자기 국밥집 토방이 소란스럽다
옹기 안 강아지 한 마리 앞다리 걸치고 섰다
쥔 양반 막걸리 걸치고
잠시 술청에서 트림하고 있나
하늘의 독 안에 든 사람들 기웃기웃 다가와
강아지를 물끄러미 내려다본다
하따, 뭔 개가 독 안에 든 쥐다냐 시방

순창 장날

정재영

푸른 하늘이 더 높아질 때
한생을
알맞게 잘 닦고
하안거를 마친
대가리가 빛나는 콩들
도리깨질에 등짝을 맞고
저절로 열리는 화두
툭툭 튀어 오르는 타작마당
먼지 수북한 지붕 아래
껍질을 벗고 눈을 여는
빛나는 사리 한 말
잘 익었다.
오일장이 열리는
순창 장날 누구에게
살까.

귀래정歸來亭에 앉아

장교철

나뭇잎이 나지막이 합창하던 밤

잊고 지낸 달이 나와

세상을 비춰보며 헛생각 털라 하네

가볍게 지낸 시간

오래오래 나의 반대를 생각한다

슬퍼서 상수리나무 먼 길 떠나고

힘 쓸 일 소진한 노송은 곁에서 때만 기다린다

열 명의 노인네들 그림자에 취해

숨 가쁘게 끌려가던 허공을 등지고

술잔 속에 집 한 채 진 채

내가 굽은 잔가지임을 말하고 있으니

손을 내밀어도 잡히지 않는

밤의 불빛

걸어와 능선에 앉아 있는

고요

물음조차 잊고 지낸 허방의 기억과

내 차가운 무모를 다독일 줄 몰랐다

낯선 아침이 날 깨울 때까지

용궐산 돌 의자

이용옥

땅거미 자욱하고
서출동류西出東流가 흐르는 장군목
오솔길에서 내려다본
섬진강 겨울 풍경과
은물결이 찰랑찰랑 찰랑거리는
한 폭의 풍경화

용궐산에 널려 있는 야면석으로 만든
오솔길 줄기줄기
천 년을 숨 쉬고
만년을 반기는 돌 의자

섬진강 장군목 마루에
천 년을 숨쉬고
만년을 동면하는 돌 의자 곁에서

고요히 깨어난 수목들이

봄부터 가을까지 꽃 잔치

멋 잔치를 하며 돌 의자를 빛낸다.

순창고추장

양병호

매콤 쏘면서도 달큼하게 앵기는 알싸한 그 맛이여라우.

푸―욱 썩어서 그러것지라우.

시한이면 겁나게 춥고

여름이면 또 펄펄 끓어버리는 옥천에서

미역도 감고, 밤하늘 별도 헤면서

맨날 푸르게만 자랐지라우.

아 그러다가 뒤숭숭 바람불어쌓던

열여섯 가을에 참말로 바람이 나버렸지라우.

맵고 독하고 얼큰하게 바람 들어버렸지라우.

우리는 눈 맞자마자 들이댑다

가마솥에서 뺄뺄 온몸을 달군 다음

아랫목에서 큼큼 뜨겁게 사랑하다가

서까래에 매달려 엄동설한 깡깡 얼었다가

장독에서 소금물에 질끈 절여졌지라우.

글고도 숯과 고추가 오장육부를 다 뒤집어버리데요.

기진해서 인생 포기하고 널브러져 누웠는데

동네 아주메들이 달라들어갖고

이도령 기다리는 춘향이 마음 한 줌

회문산 휘돌아온 서러운 바람도 한 자락

전봉준 이글거리며 타는 눈빛 한 줄기

강천산 흘러내린 옥천물도 한 바가지

동학 때 베잠방이들의 울분과 함성 한 주먹

별빛 머금은 여치 울음소리도 한 가락

섞어갖고 육자배기 부르며 설설 버무립디다.

한 많은 이 세상

썩어 문드러진 이년을 어르고 달래

붉고 찰지고 알싸하게 앵기는 년으로 맹글어버립디다.

생각해 봉께, 이러코롬 살아온 내도 모진 년은 참 모진

년인갑소.

피노리

선우

주막 평상에 앉아 물맛 좋은 이 집의 막걸리나

꼭 한 사발 마시고 싶다

지치고 피곤한 어깨 너머 한숨처럼 풀려 떠도는 세상사

그때의 하늘이나 지금의 하늘이나 구름은 유유히 흘러가

는데

옛 사람들은 가고 없다

백 년의 어느 날 그들이 남긴 수수께끼와

주모의 걸쭉한 입담도 영영 들리지 않는다

깊은 고요의 우물엔 능소화 꽃잎 두어 장

물맛은 슬프게도 맑아온다

짐승처럼 몰려왔다 돌아가건만

낯선 이 집에는 누가 살고 있는가

완주

화암사, 깨끗한 개 두 마리
안도현

화암사 안마당에는
스님 모시고 노는 개 두 마리가 있습니다.
그 귀가 하도 맑고 깨끗해서
뒷산 다람쥐 도토리 굴리는 소리까지
훤히 다 듣습니다.

간혹 귀 쫑긋 세우고 쌩하니 달려갔다가는
소득 없이 터덜터덜 돌아올 때가 있는데
귓전에 닿는 소리에
덕지덕지 욕심 있어서가 아닙니다.
그저 그냥 한번 그래 본 것입니다.

바람이, 일 없이 풍경소리를 내는 물고기 꼬리를
그저 그냥 한번 툭 치고 가듯이

가위 바위 보

아내야, 당신의 말과 내 말이
오봉산 칡넝쿨처럼 엉키는 날은
우리, 가위 바위 보를 하자.

당신이 이기면 당신 답으로
내가 이기면 내 답으로
나팔꽃 같은 맘 달래며 가자.

가위 바위 보, 가위 바위 보
서운하면 한 번 더 가위 바위 보

오봉산에 정 붙이고 사는 바람꽃처럼
훌훌 털어놓고 웃으며 살자.

삼례의 장날

송하선

삼례의 장날
그대 장터에 가거든 보아라.

조선옷 입은 마음으로
주엽정이 한내다리 거슬러 가보면
고산에 사는 옥분이는 고사리 바구니에
쑥국새 소리 담아서 오고,
동상면에 사는 삼룡이는 싸리나무 바작에
물방아 쿵쿵거리는 소리 담아서 오고,

조금만 더 그 옛날의 눈으로
되돌아가서 보면
아른아른 되살아오는 할아버지적 얼굴,
징게 맹경 솜리 장터를 돌아서 온
잿놈의 육자배기 가락도
신드러진 멋과 흥으로 거기서 다 만나고,

테머리 질근질끈 이마에 맨
고부장터 동학군의 목소리도
배들평야 애통이를 언제 돌아서 왔는지
거기서 다 만나고,

삼례의 장날
그대 장터에 가거든 보아라.
조선옷 입은 마음으로 눈 비비며
눈 비비며 손채양 하고 다시 보면
삼일장 팔일장의 삼례 장터에는
아른아른 되살아오는 할아버지적 얼굴,

아아 그 옛날 쇠갈퀴 손으로
죽창 들고 달리던 얼굴
전주 감영으로 금마로 갱갱이로
외장치며 달리던

주름지고 일그러진 얼굴 얼굴 얼굴들…….

그 얼굴에서 우리의 얼굴을
거기서 모두 다 만나리라

찰방터*

김응혁

오늘도 찰방察訪다리 강물은

말없이 증언처럼 흘러가는데

마천馬川, 찰방터 분지엔 뿌연 먼지만 묻어 있구나

조선말 관리들의 탐학에 시달리다 못한 떼족들이

삼례벌 너른 벌판에 모여

분연히 일어선

십 만여 불꽃들은 다 어디 갔을까

죽창을 들고

쓰러진 원혼冤魂의 더미를 넘으며

목이 터져라 울부짖었던 함성들이

이제는 다 묻혀서

새로운 혼불로 돌아났는가

워어렁, 워어렁.

* 삼례는 고려 때부터 역참驛站이 설치되어 열두 역을 거느린 전라도를 대표하
는 역사驛舍가 있었던 곳이다.

삼례장터에서

이숙희

순대국밥집을 찾아 나섰다, 삼례장터
지게목발 받쳐놓았던 자리에 승용차 파킹하고
푸짐한 인정을 입 그득 퍼 넣는데
촌로 예닐곱 우우 몰려오네!
느린 소달구지 게으름 깨워
생막걸리 한 잔의 오일장 국밥집

온갖 푸성귀 다 모인 장바닥
어깨 처진 사람이 아니라도
확성기 대고 목 터지게 외치는
좌판 인생의 삶을 엿보아라.

언젠가는 쇠창살 속 저 강아지도
겨드랑이 간질이는 봄바람 만나리니

아이고, 내가 죆일년이야.

일 년 농사 그놈의 고약콸 빨간딱지에 홀려서

그만……

깡아리 어미 생강 판 돈 알겨먹은 야바위꾼마저

마냥 그리워지는 삼례장터

산 너머 고향길

김기화

땡볕에 엎드려 김을 매는 엄마에게
밥 달라고 졸라대던 집안산자락 밭머리
외딴 주막집을 지나 금남정맥 산등성이로
먼동이 터 오르는 황새목재 있어
동당 양지뜸을 지나고 개락골을 지나서
웃대우 골짜기 된비알을 올라채면
형수 시집올 때 꽃신 신고
걸어 넘어온 심배낭재 있어

할아버지 등에 업혀 나섰던
내 생애 최초의 산책길
뒤꼍 오솔길을 지나서
낙타 등 같은 산 너머로
사발통문 넘나들던 장구목재 있어

6·25 동란 피난 보따리

새벽같이 숨죽이며 기어오르는
지는 해도 숨이 차서
얼굴 붉어지는 한적골재 있어

첫닭이 홰치면
곶감 짐 짊어지고
샛별도 한 짐 짊어지고

전주 남부시장 육십 리 길을 나선 아버지
굽이굽이 눈길을 내며 넘던 밤티재 있어
그러나 인제는
뻥 뚫린 아스팔트 길에 모두 쫓겨나
나무들이 우거진 숲 속에 잠든 길

눈 감으면
활동사진처럼 떠오르는

물레방앗간 처마 끝으론
필통 딸그락거리며 오가던 꿈길 있어

거기, 양팔 벌리면
산머리가 손에 잡힐 것만 같은
금남정맥 열두 폭 병풍을 치고 있는
내 고향 꾀꼬리 동네 황조리* 있어

* 전국 옛 8대 오지 완주군 동상면 자연부락.

목어 木魚

안성덕

감을수록 더 아른거리는 법
닿을 듯 닿을 듯 손닿지 않는 등 뒤가 더욱, 안타까운 법

잎 가버린 뒤 번쩍 피는 일주문 밖 상사화
감았던 눈 다시 뜨는 것이다 그만 잊자, 부릅뜨는 것이다

떨군 고개 들어 목젖에 걸린 낮달을 삼키는
돌탑 뒤 저 사미니
눈물 감추는 게 아니다 어릉어릉 자꾸만 따라붙는 그림자
산문 밖으로 밀어내는 거다

눈 감으면 다시 또렷해
위봉사 목어는 스스로 제 눈꺼풀을 잘라버렸다

봉동 생강

장재훈

는개 내리는 날,
아내는 좁은 마당 한켠에
자기 고향의 생강을 심었다.
해마다 심었으나
해마다 실패한 봉동 생강.
인삼도 그렇지만
생강 또한 연작하면
실패하는 줄 뻔히 알면서도
고향 내음을 맡기 위해 해마다 심는 저 고집.
그 고집 꺾고
금년 봄엔 고추를 심었다.
고추 또한 실패하였다.
나는 씁쓰레한 웃음 지으며
마른 고춧대를 뽑아냈다.
아, 그 고춧대 속에
봉동 생강 세 대가 꼿꼿하게 숨어 있었다.

세월의 잔등 넘어
먹다 버린 작은 생강의 눈에서
몰래 자라난

구름 냉면

진창윤

압록강 건너왔다는 사내는 첫눈에 반한 여자와 삼례시장
골목에 냉면집을 열었다

매일 아침 면을 뽑는다
무수단면,
대포동면,
북극성면,
텔레비전에서 쏟아져 나오는 분가루들을 그릇에 담아 반
죽한다 그늘을 뿜으며 치솟는 면발을 왼쪽으로 꼬고 오른
쪽으로 꼬아 도마 위에 쳐댄다, 아슬아슬 늘려가는 줄타기
사랑이다

장보러온 읍민들 쓰고도 단 냉면을 한 그릇 가위로 잘라
먹는다 육수에 잠긴 얼음 탓에 가는 면발이 더욱 쫄깃하다

내일을 기약하며 밤늦도록 사내는 육수를 젓는다 소˚등

뼈, 당근, 양파…… 까만 열망이 가라앉은 가마솥의 그림자
가 뽀글뽀글 졸아든다 국물에 함부로 얼굴을 들이밀면 데
일 수도 있다

　남겨진 그릇에 엉겨 붙은 면발을 잘라 먹는다 사내의 안
방에는 아장아장 가는 비가 내리고 있다

그 끝없이 청춘을 스쳐 지나간 꽃잎들

서규정

살아 있다, 와 사라진다, 사이엔

벚꽃이 피고 있었네

저리 가면 전주요

이리 가면 이리요

놀다 가도 논산 훈련소요

우르르 버스 뒤 흙먼지를 따라가면 운주요

전라북도 완주군 삼례읍 우체국 사거리

담벼락에 붙어 섰던 내 비닐우산엔

왜 그리 꽃비가 내려 쌓이던지

벚꽃이 피다, 와 지다 사이엔

청춘을 끝없이 스쳐 지나간 꽃잎들

월남전이 계속되고 수출한 군인들 생피 덕분에

군사정부는 날로 튼튼해져 갔네

임실

섬진강 3

김용택

그대 정들었으리.

지는 해 바라보며

반짝이는 잔물결이 한없이 밀려와

그대 앞에 또 강 건너 물가에

깊이깊이 잦아지니

그대, 그대 모르게

물 깊은 곳에 정들었으리.

풀꽃이 피고 어느새 또 지고

풀씨도 지고

그 위에 서리 하얗게 내린

풀잎에 마음 기대며

그대 언제나 여기까지 와 섰으니

그만큼 와서 해는 지고

물 앞에 목말라 물 그리며

서러웠고 기뻤고 행복했고

사랑에 두 어깨 깊이 울먹였으니

그대 이제 물 깊이 그리움 심었으리.

기다리는 이 없어도 물가에서

돌아오는 저녁 길

그대 이 길 돌멩이, 풀잎 하나에도

눈 익어 정들었으니

이 땅에 정들었으리.

더 키워 나가야 할

사랑 그리며

하나둘 불빛 살아나는 동네

멀리서 그윽이 바라보는

그대 야윈 등

어느덧

아름다운 사랑 짊어졌으리.

고향 -갈담渴湛*

박두규

고향을 떠나온 이들은 알지
언덕 위 씀바귀꽃 그대로 두고
이제는 돌아갈 수 없어
스스로 고향 되었다는 걸

고향을 떠나온 이들은 알지
살구꽃 그늘 아래 어머니 눈물
잃어버린 그 마음 서러워
스스로 그 마음 되었다는 걸

고향을 떠나온 이들은 알지
바람에 흩어지는 꽃잎이 되어
하염없이 쏟아지는 눈발이 되어
스스로 갈 곳 없는 고향 되었다는 걸

* 전라북도 임실군 강진면 갈담리

봄빛 들다

심옥남

국사봉 기슭에서 외얏날을 내려다본다
나룻배 되돌아 겨울이 떠나고
홀로 남은 섬
눈보라 몰아치던 날들을 돌아온 까치가
내려앉은 길모퉁이마다
은사시나무들 물이 오른다
강물에 부서지는 햇살 바라보며
수심 깊이 길을 물으며 나도 섬이 될까
생각을 뉘일수록 물살 잔잔해져
산마루에 별이 돋는다
한낮의 고요를 품고
억새 숲에 깃을 접는 봄은
내일이면 언젠가 내 사랑이 떠난 강어귀
저 섬에 가랑비 뿌리고 휘파람 불어
새싹들 불쑥불쑥 귀 세우리
섬 속의 섬, 빈 까치둥지로 남은
앙상한 슬픔에도 꽃을 피우리

고향의 그림자

정우영

청계동*이 따라와요. 내가 어디에 가든 뭐를 하든 청계동은 늘 나를 따라다녀요. 먼 굽이든 그늘 너머든 어디서든 나를 지켜보다가 내가 움직이면 저도 발길 떼지요. 나는 처음에 무슨 귀신인 줄 알았어요. 그러다가는 또 정보기관의 끄나풀 아닌가 싶었지요. 한때 내가 몸담았던 조직이 부활하나 싶을 정도로 그것은 집요했거든요. 그 질긴 연緣에 이를 갈던 어느 날이었어요. 내가 까딱 목줄 놓을 뻔한 적이 있었는데요. 문 꽉 닫아건 방에서 선풍기 틀어놓고 잠들어버린 거예요. 그때 나를 구해준 게 바로 청계동이었어요. 우리 집 뒤안 바람을 데려와 내게 쏘인 거지요. 나는 몹시 상쾌한 기분으로 눈떴는데요, 선풍기는 여전히 달달거리며 돌고 있었어요. 이 얘기만 꺼내면 사람들은 희한한 꿈이라고 고개를 끄덕여요. 나도 별수 없이 희한한 꿈이지, 그렇지? 하고 동조하고 말지요. 저만치에서 청계동이 씁쓸히 고개를 끄덕이고요.

* 전북 임실군 청웅면 청계리를 일컫는다.

그리운 섬진강

이동륜

더러는 화려한 탈출 줄줄이 남행이다
빈손에 바람 가득 신이 난 남행길에
덤으로 함께 가는 달 그 달빛에 젖어간다

멀다고 느껴질 땐 마음이 떠난 거라고
한사코 밝혀가던 그리움의 먼 촉수燭數
은어는 어디 있을까, 새벽강이 잠을 잔다

흔들어 깨우기엔 손끝이 너무 시려
사름사름 물이 오른 수초만 더듬거린다
홀연히 놓쳐버렸네, 아득한 유년의 꿈

은어가 그랬듯이 다시금 돌아가리
잡아놓은 세월만큼 봇물이 출렁이는
그 물에 떴다 잠겼다 섬진강에 돌아가리.

화백나무

장현우

아홉 골짜기가 감싸고 있는

가파른 곳에 자리 잡은 상이암* 앞마당에

몸통은 하나인데 가지가 아홉으로 뻗은

화백나무 한 그루 서 있다

왕건이 다녀갔건 태조가 다녀갔건

대권을 꿈꾸는 자 몰래 다녀갔건

무심히 하늘을 우러러볼 뿐이다

골짜기를 넘어온 늦은 햇살이

속살까지 골고루 비추자

우람한 몸통 꿈틀대며

여의주 물고 승천할 기세로 서 있다

* 상이암은 임실군 성수면에 위치한 암자.

남도기행南道紀行

김경은

옥정호 지나 회문산 아래 핏빛을 머금고 곡성 구례 굽이
굽이 푸른 속살 드러내고 흐르는 섬진강
　당신의 뼈마디 깊숙이 궁핍한 분단의 역사는 아버지의
아버지 곧은 허리를 잘라놓고
　지금도 돌아오지 않는 여인의 신음소리 지리산 안개 낀
산정을 맴돌아도 이제는 울지 말 일이다
　다시는 핏빛 눈물 흘리지 말 일이다

섬진강

김청미

하늘이 내려오면 하늘 품고
산이 잠겨오면 산 되어
흐르는 섬진강,
한 사람에게도 낮아지지 않아
맞물리지 못한 나는
얼마만큼 낮아져야 품을 수 있을까
흐르고 흘러도 버릴 수 없는
마음의 굳은 뼈

진뫼로 간다

김도수

벼락바위에서 별 헤고
뱃마당에서 뱃놀이하고
자라바위에서 자라 보고
까마귀바위에서 미역 감고
두루바위에서 다이빙하고
노딧거리에서 징검다리 건너고
강변에서 황소 등 올라타고
쏘가리방죽에서 쏘가리 잡고
다슬기방죽에서 다슬기 잡고
얼음바위에서 얼음 타고
뛰엄바위에서 폴짝폴짝 뛰어보고

세상에 나가 어떻게 살아야 하는지
강변 휘젓고 다니며 배웠으니
강물 속 헤엄치며 배웠으니
나는 오늘도 진뫼로 간다

금시내 안 마을에 부는 바람

이시연

물에 잠긴 산은
가뭄에도 목마르지 않는다

동트는 시각 위로
낚싯대를 드리우면
먼 마을의 감촉
잠시 동안의 떨림 끝에
파닥이는 은비늘의 손 안
수면엔
숨 막히는 오르가즘이 흐른다

바람이 흐른다
금시내 안 마을로 달려와
새마을 회관 앞마당에 머물다
영농학교를 한 바퀴 둘러보고
순이네 툇마루에 몸을 푸는

섬진강 봄바람

지금은 물안개로 풀린다

얼마만의 귀향인가

섬진강 댐 안에

잠겨 침묵하던 강바람

저녁 새 울음으로 파닥이던 강바람

고향은 지금도

수심을 알 수 없는 곳에 잠겨 있고

바람의 피부 속으로 고여 오는

내 사랑의 슬픈 눈금

섬진강 수문 위로 물만 남는다

장수

겨울밤

유용주

허리까지 쌓인 눈이
굽이치는 달밤이면

나는
덕산 최생원 집 뒤안
왕대나무 가지에 반달곰 쓸개를 매달아
장안산 너머 사암리 냇갈까지 낚싯대를 던져놓고
매서운 바람의 파동에 귀 기울여 듣고 있는데

큰 산맥 너울이
두어 번 아부지 코골이 소리에 뒤척이자
아름드리 참나무 팽나무 서어나무 수초에 붙어 있던
산갈치들이 은빛 지느러미를 번뜩이며
일제히 솟구쳐 오르다 미끼를 덥석 물고
깊이를 알 수 없는 구룡폭포 쪽으로 날아가는데

찌르르
허공이 한번 달빛에 휘청
걸려 넘어진 것인데

오줌똥 지리는 줄 모르고 끌어당기는 사이
감나무 둥치 통째로 쓰러지고
고라니 멧돼지 혼비백산 달아나고
아뿔싸!
측간 옆 마당에 파편처럼 떨어져 뒹구는 새벽별
줄 끊어먹은 산갈치는 은하수 밑으로 아스라이 숨어버리고
달의 구멍에서 쏟아져 나온 피리소리

언 들판에 낭자하다

장안산 억새꽃

최종규

산도 늙도록 참선하면
저토록 해탈하고 마는가.

철쭉 떡갈나무 뒤엉켜
좌정한 산의
미소 띤 잔잔한 미간

윤기 서린 시누대 이파리
무성히 둘러쳐진
병풍 아래.

억새꽃 뽀오얀 꽃술
사관생도土官生徒 군모의 벼슬처럼
자욱이 흔들리며 나부끼고 있어라.

온 등성일 뒤덮어

산허리 넘실대는
하얀 깃털의 밀물

남도 육자배기 한 곡조
바람결에 끊어질 듯
꼬부랑 고개 넘는 긴 가락……

맑은 계곡에 발 담근 채
산은 두 손 뻗쳐 하늘 우러러
번뇌를 털고 성불하여 있는가.

비탈길 오르면 뜬봉샘 있네

김은숙

장수읍 수분령에 옹달샘 하나 있어
물안개 거느리고 샘물 퐁퐁 솟아올라
금강과 섬진강의 발원지가 되었네.

길은 가파르고 멀기도 하여
가도 가도 비탈길 우리 삶과 같은 길
한오백년 칡넝쿨처럼 오르라 하네.

다래넝쿨 으름나무 물오른 층층나무
가지가지 꽃들이 끼리끼리 피어서
올라가라, 올라가라 무슨 함성 보내오고

푸른 계단 밟고 오르고 올라보니
봉화 불 연기는 하늘 올라 구름 되고
먼 강이 햇살 실어와 뜬봉샘에 잠기네

어전리 6

최동현

이 년 만에 나도
어전리를 떠나왔다.

다시 오는 겨울의 어디쯤
밤마다 빈속으로 헤맨
골목 어디쯤
끝내 뿌리내릴 수 없었던 우리들의
어설픈 사랑이 묻어 있는지.

스물아홉에도 서른에도 나는
질긴 선생이었고
알 수 없는 소문, 알 수 없는 이슬로
반짝거리던
강물은 좀처럼 깊어지지 않았다.

내 고향

오용기

밤내 어귀에는
정자나무가 있네

코 닦고 눈물 훔치고
달빛 풀어 들끓던 가슴 오래 다독여주며
나발나발 일서서는 모습 지켜만 보는
종구백년 그 자리에 느티나무가 있네

비바람 눈보라에도 까딱을 않는
미운 세월 고운 세월
천하 별별 굽이마다 쇠못 깊이 품고도
눈 한 번 깜짝을 않는 팔공산만한
귀목나무 한 그루 의젓이 서 있다네

우리 마음에 기억에 천날만날 뿌리내려
보기만 하면 그 누구도 뽑을 수 없는

눈에서 가슴에서 도무지 캐낼 수 없는
퉁방울눈 장승 하나 떡하니 솟아 있네
전라도 장수 골짝
내 고향 밤내에는

장수

권정임

구름 모아 물 받아 목축이고
태양 빚어 햇살 베어 먹고 사는
자연인의 땅

산은 산끼리 다정하게 어깨 맞대고
들은 들대로 늘 평화롭게 노닐며
세상사와 상관없이 바람 불어도
미동하지 않는 물처럼 언제나 고요한 곳

올 때는 너무 낯설어서 울고
갈 때는 정들어 서운해 운다하여
울고 왔다 울고 가는 눈물의 동네라

소쩍새 우는 소리에 취해 긴 밤 서럽고
뻐꾸기 우는 소리에 바쁜 하루가 짧아서
늘 그렇게 허공에 빈 낚싯대 드리우고

속절없는 여유 부리지만

그리운 이가 있어 인내하고
기다리는 이가 있어
깊어가는 세월 속을 쉼 없이 걸어가는 장수長水

나는
이슬 먹으며 지친 몸 부려놓고
하늘 향해 내일의 하루해 점치는
은빛 산마루 바라보며
그리움 안고 기다리던 그가 되어본다

천반산의 한

유현상

5천년 역사가
골짜기마다 서려 있다.

우국충정
조국 일깨우겠다
일어선 대동계

정여립 장군
큰 뜻
모두 담아
천반산을 뒤흔든다

아군 적군
행동거지 지켜보는
제일 솟은
깃대봉

천하를 우러러 보고

많은 장군 배출한
그 우물은 어디로 가고
장군봉만 우뚝 솟아 있나

깃대봉
정기 타고 펑펑
마당바위 휴식터
꼬누 장기판
이끼 낀 채 손님만 기다린다

하얀 그리움 — 장안산에서

강태구

운다.
울어.
흰머리 풀어 젖히고
은빛 손 흔들어 쉰 목소리로
백혈을 토한다.

기다리다 지쳐 채이고 쓰러져
잔설에 묻혀버린 망부석같이
일상에 무너져버린 미련일랑
바람에 날려버리라고

일렁이는 숨소리
잠 못 이루는 가슴 움켜쥐고
어둠길 헤매는 정한의 목소리
무리지어 운다.

가슴을 짓누르는 저 애절한 손짓은

저미는 회한이러니

누굴 기다리며 흰 손수건 흔드는가.

멀미 앓는 뜬봉샘

전병윤

산봉우리 외딴 곳에 살고 있는 나는
장수 뜬봉샘이다
지구가 태양계를 돌면서부터
지금까지 지구의 중심축에서
물을 길어 올리고 산다
그래서 풀뿌리, 나무뿌리를 키우고
산짐승 돌짐승 목을 축여주면서
수천 년 서해로 가는 물길을 넓히고 있는
나는 금강의 에미다

날 찾아오는 길이 없을 땐 나는
가슴과 머리가 맑아 천 리 앞도 보였는데
요즈음 사람 발 냄새가 코를 찌르면서부터
나는 멀미를 앓고 있다

손과 발이 자주 닿으면

자연은 이미 깨진 것이다

자연은 자연이 스스로 만들어 가는 것.

이애미 주논개

이삭빛

어찌 그대 향기 꽃에 비유할까?
어찌 그 자태 양귀비에 견줄까?
죽어서도 피어나는
불사조의 꽃이거늘
죽어서도 향기 나는
구국의 여신이거늘

세월이 흐를수록 하얗게
다가서는 순결의 자국
푸른 남강에서
그대의 숭고한 정신
시퍼런 사랑의 한으로 굽이칩니다.

의녀인들 어떠하며
기생인들 어떠하리오.
애오라지

그대에게 드리고픈 마음
외딴 강 바위에서 홀로 춤추며
열 가락지 굳은 결심
혈혈단신 하얀 무궁화로 피어서
어디를 향해 가고 있었습니까?

만취한 적장 모곡촌毛谷村
이미 그대의 발아래 있었으니
무엇이 그대를 가로막을 수 있었겠습니까
천추의 매운 절개 만고에 붉어
그대는 누구도 꺾지 못할
영원히 타오르는 불꽃입니다.

진안

산벚꽃 나타날 때

황동규

물오른 참나무 사이사이로 산벚꽃 나타날 때
더도 말고
전라북도 진안군 한 자락을 한나절 걷는다면
이 지상地上살이 원願 반쯤 푼 것으로 삼으리.
장수 물과 무주 물이 흘러와 소리 죽이며 서로 몸을 섞는
죽도 근처
아니면 조금 아래
댐의 키가 조금씩 불어나고 있는 용담 근처.
알맞게 데워진 공기 속에 새들이 몸 떨며 날고
길가엔 조팝꽃 하얀 정精 뿜어댈 때
그 건너 색깔 딱히 부르기 힘든 물오른 참나무들
사이사이
구름보다 더 하늘 구름 산벚꽃 구름!
그 찬란한 구름장들 여기저기 걸어놓고
그 휘장들을 들치고 한번 안으로 들어간다면.

진안 별 동네

호병탁

흰 구름 위
사철 꽃피는
별 동네가 있습니다.

배추 속보다 순한 이곳 사람들은
밤마다 밤마다
달빛에 씻은 별을 소쿠리째 쏟아 부어
아래로 아래로 흘려보냅니다.

섬진강 오백리 길
부서지는 물방울이 별처럼 반짝이는 것도
눈물 같은 사랑이 송이송이 피어나는 것도
그게 다 이런 까닭이 있었지요.

마이산

김문진

천만 년
말 못하고 살았습니다.

몸살 앓는 우리를 보십시오.

하늘이 비어 흔들리던
날에도
땅이 꺼져 피를 말리던
날에도

세상의 발자취 더듬어
사랑을 엮어가는

우리를 보십시오.

이제

잊힐 이름들 세월 속에 묻어도

금슬 좋은 부부

우리를 보십시오.

데미샘

허호석

섬진강 물줄기 내려놓은 하늘고원
청정 수맥을 따라 오르고 오르면
아, 하늘자락이 샘솟는 데미샘

섬진강 칠백 리 굽이굽이 물길에
조롱박처럼 옹기종기 열린
강마을도 논배미도 혈맥의 젖줄을 물리었다.
쌀을 일 듯, 모래알을 곱게 일어놓은
비단폭 강변에 가난도 좋아라.
넉넉함이 평화로운
그림 같은 강촌을 거느렸다.

데미샘골 백운동 흰 구름
임실, 구례, 하동으로 흘러, 흘러
순천만 갈대숲에
데미샘 그 하늘을 펼쳐 놓는다.

진안 장날의 파장

정순연

시장 골목 한 모퉁이
좌판에서
까맣게 그을린 허기진 배춧잎

스치고 지나간 손자국마다
시린 상처가 울고 있다.

가을 노을은 등이 휘는데
쌓인 배추는
떠나갈 줄을 모르고

힘겨운 노동의 목쉰 외침은
쌉니다, 싸요… 싸…….

포기마다 처절한 애원이
어둠을 삼킨다.

말하는 더덕

유순예

내 몸에서 냄새 나더냐?

노상 흙 밭에서 사는디 말여

목욕 혀봐야 소용없당께 금세

흙먼지와 땀으로 얼룩질 것인디

때 밀린다고

땀내 난다고

간호사가 지랄할깜시

병원에 갈 때는 깨끗이 씻고 간당께

진안고원 산자락에 뿌리내린 할매들 사는 게 그렇잖여

넘헌티 아순 소리 안 허고 살라먼

손끝마다 틀어박힌 가시는 암 것도 아녀

칠십 평생을 흙과 실랑이를 벌이는디 말여

먼 데까지 풍기는 냄새가 투덜투덜

허한 장기들에게 스며들어

생기를 넣어준다면

내 몸이 할 도리는 다 한 것 아녀
더덕더덕 늙어가는

옴마 말귀 알아 먹겠냐?

적막에 갇히다 – 마이산 금당에서

채정

늙은 단청이 정겹다, 대웅전 처마 끝

이따금 고요가 흔들리는 풍경

그 소리 밟고

삭발한 비구니 하늘 계단을 오른다.

면벽의 산, 높고도 험하지만

창호지에 얼비친 저녁연기 따뜻하다.

승방은 지금 적막에 갇혀 환한데

아직도 욕망이 남았다는 건 슬픔일 것이다.

오직 한 길밖에 없었던 나의

끝나지 않은 여정과 떠나지 않는

감옥, 거기 바람이 샛문을 열어준다면

나 하나, 백 년쯤 더 젊어지다가

꽃이 꽃을 보는 마음, 눈 씻고 발 씻고

하늘 딛고 내려온 구름새 되리.

구름새, 세상 밖의 화엄에 귀 열어두고

한 천 년 죽어도 후회는 없으리.

단체로 탑 구경 오신 할머니들
돌처럼 딱딱한 허리 펴신다
관심은 다른 데 가 있으니 배만 고파지는
늙은 꽃들, 벌이나 나비를 입에 문 것처럼
입술을 오물거린다 오랫동안
무게를 버텨왔으니
할머니 몇은 밥을 먹는 동안에도
그 눈빛 간절히 절벽 타 오른다

뿌리보다 더 깊어진 눈들
순식간에 나이를 거슬러
탑 꼭대기 바라본다
수줍은 듯 하염없다 나도 슬금슬금
능소화 줄기 따라 걷는다
허공 끝에 돌멩이 한 송이씩 피워 놓는다
기다렸다는 듯이 허리 굽는

마이산 능소화탑

붉은 잇몸 한꺼번에 무너져 내린다

마이산 능소화

김정배

절벽을 타오르는 한 송이 한 송이
능소화 피어 있다

언젠가 크고 작은 돌들을 하나씩 올려
탑을 이루고 절을 이루었다는 말씀
사람이 쌓았다고는 믿기지 않는
마이산 돌탑, 더 믿기지 않는 것은
사람만이 믿을 수 없는 일을 벌인다는 사실
능소화 줄기를 바위 밑에 심었던 심정도 그러했을까
나는 점심조차 거르고
탑사塔寺 주변을 거닌다
천지탑보다도 더 높게 올라간
꽃탑, 바람 무너질 듯 무너질 듯 흔들린다
아직은 때가 아니라는 듯
허공, 붉다

풍혈냉천風穴冷泉

임우성

도대체 무슨 원한이
뼛속 깊이 사무쳤으면
천지가 익어 버릴 것 같은 이
불볕 땡 여름에
서릿발보다 찬 한숨을
가슴에 지니고 사느냐

너는 억 년의 아픔으로
영원을 이렇게 살지언정
사람은 아니다
한때의 지독한 상처로
긴 세월 겨울인 듯 살아온 나

텃밭 고춧잎마저 축 늘어지도록
푹푹 찌는 여름 한낮
싸늘한 네 가슴에 들어

몸서리치며 나를 깨닫는다

기필코

용서해야겠다

태평봉수대 봉수군*

안현심

내 전생에
주인집 아씨를 사모한 머슴
아씨와 눈 맞아 보듬은 죄로
성재로 쫓겨난 총각이거늘
죽을 때까지
봉수대에 앉아서 뉘우치거라
눈비 오거나 바람 불어도
그 자리 그렇게 뜬눈으로.

운장산 호랑이 퍼런 불 켜고
골짝을 단숨에 내닫는 밤
실낱 같은 목숨 홀로 떨었지
칼바람 맞으며
등불 들고 밤을 지켰지
산성 날망에서 영혼마저 태운
조선의 병사 한 사람.

* 전북의 진안군 주천면 대불리와 무릉리, 완주군 운주면 고당리 접경, 진동마을 북쪽의 성재 봉우리에 있음. 조선 선조 28년 태평산성과 전주 감영에 신호를 보냈음.

이것이 시의 힘이다
전라북도 힘이기도 하다

고대로부터 전라도는 숱한 노래와 시를 탄생시킨 음률의 땅이었다.

백제가요인 「정읍사」며 「선운산가」, 「방등산가」를 비롯하여 각종 민요, 무가, 판소리, 시조까지…… 잠시만 귀를 기울여 들어보면 어느 산자락이든 바닷가든 논두렁이든 마을 골목길이든 노랫가락이 들리지 않는 곳이 없다. 노래가 불리던 자리마다 시가 지어지고 낭송되어 전라도 산하를, 전라북도 산천을 격조 높은 고장으로 일컫게 하고 있다.

여기 이 산하와 산천 자체가 노래요, 시가 돼버린 셈이니 노래를 부르고 시를 아는 사람들마다 부러워하는 게 당연하다 하지 않을 수 없다.

전라북도 열넷 시군과 전북 전체를 아우른 시편들을 한자리에 모아 시선집을 엮고자 한 뜻은 옛 「정읍사」가 오늘에 전해지는 것처럼 오늘의 시가 아득한 미래의 후손들에게 불리기를 원하는 까닭이다. 우리는 옛 노래를 부를 수 있어서 뿌듯하고 자랑스럽다.

하지만 만약 고을에 시가 없어 삭막하고 스산해진 풍경의 쓸쓸함에 대해서는 훗날 누가 그 어디를 향해 하소연이라도 한번 해볼 수 있을 것인가?

각개 시집의 깊은 골짜기에 꼭꼭 숨어있는 절편들을 하나하나 찾다 보니 그 고충도 여간 아니려니와 방대한 양에 우선 기가 질리고 말 지경이었다. 시선집의 제목이 저절로 『들어라 전라북도 산천은 노래다』로 정해진 이유다.

논밭이 많고 곡물 생산량이 다른 지역보다 월등하여 농도農道로 불리는가 하면 문화예술이 탁월한 곳이라서 명철하신 타지 선비들마다 엄지를 치켜세워 예향藝鄕이라고 칭송한 것과 같은 이치다.

허나, 모아놓은 시들을 각 시군에 맞춰 추리고 고르는 일은 미처 예상하지 못했던 지난한 작업이었다. 열 편씩 고르게 나누어야 하는 일도 쉽지 않았는데 다시 지역의 명소와 인물, 역사, 풍경이 중복되지 않도록 빠짐없이 담아낸 작품으로만 다양하게 채워야 하는 일도 여간 어려운 게 아니었다.

작고하신 시인들을 배제할 수밖에 없었던 이유가 그것이었고, 살아계신 분들의 빼어난 수작을 누락시킬 수밖에 없었던 것도 그 때문이었다.

부디 강호 제현 제 시인들께서 너그러이 혜량하시기를!

여기 시선집을 들춰 어느 시든 소리 내어 읽어 보시라. 시가 곧 노래라는 사실을 절감하게 되리라.

어디 그뿐이랴. 이 산천에 피어나는 녹두꽃은 더욱 선연해지고 전봉준이 내쏘는 눈빛 또한 더욱 형형해진다는 것을 알게 되리라. 섬진강과 금강의 발원지인 진안 데미샘이며 장수 뜬봉샘의 첫 물

은 더욱 청정해지고 동진이나 만경, 섬진강의 물줄기는 더 유장하
게 흐를 것이다. 농사를 짓느라고 투박해진 갈퀴손을 대할 때마다
진실로 감사드리고 싶어질지도 모르며, 전라도 사투리를 들을 때
마다, 전라도 김치를 맛볼 때마다 입안에는 더 많은 신침이 고일지
도 모른다.

이것이 시의 힘이다. 절로 탄복하여 고개를 숙이게 만드는······
그리고 이것이 전라도의 힘이기도 하다. 새삼 말할 필요도 없이 전
라북도 산천이 바로 시이기 때문이다.

우리가 오늘 이곳에 산다.

2019년 6월
전라북도문화관광재단
대표이사 이병천

| 작품 출처 |

1. 강인한, 「전라도여 전라도여 VI」, 『전라도 시인』, 태 · 멘, 1982.
2. 김용옥, 「전라도 사투리」, 『누구의 밥숟가락이냐』, 계간문예, 2007.
3. 오세영, 「김치」, 『꽃들은 별을 우러르며 산다』, 시와시학사, 1991.
4. 허소라, 「전라도식」, 『겨울밤 전라도』, 유림사, 1995.
5. 유옹교, 「전라도 거시기」, 『아름다운 침묵』, 신아출판사, 2008.
6. 박남준, 「평야」, 『그 숲에 새를 묻지 못한 사람이 있다』, 창비, 1995.
7. 문병학, 「전봉준의 눈빛」, 『지는 꽃 뒤에는』, 모아드림, 2009.
8. 이경아, 「전라도 사람들」, 『겨울숲에 들다』, 황금알, 2014.
9. 정병렬, 「어쩌란 말이냐 전라도 내 고향」, 『물 길어 가는 새떼들』, 푸른사상사, 2005.
10. 정성수, 「황금 만 냥」, 『덕진연못 위에 뜬 해』, 2015 인문사아트콤.
11. 송하진, 「전주(全州)」, 『느티나무는 힘이 세다』, 산아출판사. 2010.
12. 김사인, 「전주」, 『가만히 좋아하는』, 창비, 2006.
13. 이소애, 「전주천 여울목 섶다리」, 『쪽빛 징검다리』, 계간문예, 2007.
14. 김익두, 「전주 2」, 『햇볕 쪄러 나오다가』, 신아출판사, 1990.
15. 진동규, 「눈썹 끝에 연꽃 피는」, 『아무렇지도 않게 맑은 날』, 문학과지성사, 1999.
16. 권오표, 「겨울 강가」, 『너무 멀지 않게』, 모악, 2017.
17. 정윤천, 「전 주 (全 州)」, 〈문예지게재우수작품 지원 사업〉 선정 작품, 게재잡지 『신생』, 2008.
18. 이희중, 「중인리(中仁里)의 봄」, 『나는 나를 간질일 수 없다』, 문학동네, 2017.
19. 조기호, 「전주 막걸리집」, 『하지 무렵』, 인간과문학사, 2018.
20. 이운룡, 「고들빼기」, 『世界의 文學』, 1982.
21. 정양, 「결코 무너질 수 없는」, 전라북도일보, 2018. 9. 5.
22. 김대곤, 「웅포 석양」, 『겨울 늑대』, 시문학사, 2001.
23. 문화순, 「황등 가는 길」, 『형천 제10집』, 2002.
24. 이동희, 「꿈꾸는 돌, 미륵사지」, 『사랑도 지나치면 죄가 되는가』, 둥지, 1998.

25. 박미숙, 「산수유꽃」, 『흙집에서 사흘을 보내다』, 내일을 여는 책, 1998.
26. 문신, 「아침 왕궁으로부터 저물녘 석탑에 내리는 늦은 빗줄기처럼」, 『시와반시』, 2018년 가을호.
27. 김광원, 「고도리 입상」, 『대장도폐가』, 바밀리온, 2019.
28. 박라연, 「이병기 생가의 탱자나무」, 『빛의 사서함』, 문학과지성사, 2009.
29. 문효치, 「익산 쌍릉」, 『백제시집』, 문학아카데미, 2004.
30. 채규판, 「성지에서」, 『채규판 시선집 3』, 신아출판사 1995.
31. 정호승, 「도요새」, 『이 짧은 시간 동안』, 창비, 2004.
32. 강형철, 「도선장 불빛 아래」, 『도선장 불빛 아래 서 있다』, 창비, 2002.
33. 송희, 「어청도 등대」, 『설레인다 나는, 썩음에 대해』, 시와시학사, 2012.
34. 이향아, 「째보선창」, 『나무는 숲이 되고 싶다』, 서정시학, 2016.
35. 신재순, 「군산 경암동 철길 마을 이야기」, 신작 시.
36. 채명룡, 「해망동에 가보셨나요」, 『작가의 눈』 제17호, 전라북도작가회의, 2012.
37. 오경옥, 「금강하구에서」, 『길은 걸어감으로써 길을 만든다』, 신아출판사, 2012.
38. 배환봉, 「계절 뒤에 피는 꽃」, 신작 시.
39. 이원철, 「너희들은 섬이었는데」, 『이원철 모음시집 구음』, 바로출판사, 2009.
40. 이소암, 「초대」, 『내 몸에 푸른 잎』, 시문학사, 2017.
41. 곽재구, 「용흥리 석불」, 『꽃보다 먼저 마음을 주었네』, 열림원, 1999.
42. 강상기, 「신정읍사」, 『민박촌』, 시와에세이, 2008.
43. 조미애, 「정읍 가는 길」, 『흔들리는 침묵』, 문학마을사, 2002.
44. 박성우, 「정읍역」, 『거미』, 창비, 2002.
45. 오창열, 「미물론」, 『서로 따뜻하다』, 황금알, 2008.
46. 김용관, 「동진강 베고 눈물 흘리는 전봉준」, 『눈물의 동진강 대서사시집』, 정은출판사, 1994.
47. 주봉구, 「태인 교차로」, 『황토 한 줌』, 친우, 1988.
48. 김영진, 「내장산에서」, 『나무들이 사는 마을』, 태학사, 2003.
49. 김인태, 「정읍천(井邑川)」, 『숲이 있어 길도 있다』, 도서출판 바람꽃, 2019.
50. 송동균, 「사정읍(思井邑)」, 『정읍까치』, 대영사, 1981.
51. 서홍관, 「아버지 새가 되시던 날」, 『어머니 알통』, 문학동네, 2010.
52. 한선자, 「능제 저수지에 가면」, 『불발된 연애들』, 시산맥, 2017.
53. 이문희, 「망해사(望海寺)」, 『아라문학』 가을호, 리토피아, 2015.
54. 김환생, 「만경강」, 『만경강』, 신아출판사, 2015.
55. 김유석, 「유월」, 웹진 〈시인과장〉, 「올해의 좋은 시」, 2016.
56. 한승원, 「그리운 연꽃 등불 하나」, 『열애일기』, 문학과 지성사, 2009.

57. 유강희, 「구성산가」, 『작가의 눈』, 전북작가회의 통권 14호, 2009.
58. 황송해, 「모악의 달」, 『전북문인협회』 계간지.
59. 이병초, 「또랑길」, 『까치독사』, 창비, 2016.
60. 김영, 「동령 느티나무」, 『눈 감아서 환한 세상』, 모아드림, 2006.
61. 신경림, 「실상사의 돌장승」, 『신경림 시선집』, 창비, 2004.
62. 김동수, 「교룡산성」, 『시문학』, 시문학사, 1982.
63. 곽진구, 「상사보」, 『사람의 집』, 비앤엠, 2006.
64. 복효근, 「춘향의 노래」, 『어느 대나무의 고백』, 문학의전당, 2006.
65. 김영기, 「남원역」, 『겨울연밥』, 북매니저, 2016.
66. 소재호, 「아, 남원」, 『매화는 살창너머』, 전주풍물시동인회, 2002.
67. 정동철, 「실상사 철조여래좌불을 만나다」, 『나타났다』, 모악, 2015.
68. 한영수, 「남원 집 툇마루」, 『꽃의 좌표』, 현대시학, 2015.
69. 송희철, 「지리산에 간다」, 『지푸라기의 노래』, 미래문화사, 1988.
70. 안도, 「내 고향 남원」, 『전라북도문단』, 2017년 가을호.
71. 손택수, 「선운 동백」, 『꽃이 지고 있으니 조용히 좀 해주세요』, 시와문학사, 2008.
72. 나혜경, 「그분이라고 소개하고 싶은 나무」, 『담쟁이 덩굴의 독법』, 고요아침, 2010.
73. 장석남, 「고창 선운사」, 『고요는 도망가지 말아라』, 문학동네, 2012.
74. 김형미, 「선운사 동백숲」, 『오동꽃 피기 전』, 시인동네, 2016.
75. 오강석, 「고인돌, 우리들의 오래된 미래」, 『미당문학』, 2015.
76. 박종은, 「구시포 소식」, 『카이로스』, 미네르바, 2014.
77. 박일만, 「선운사 목백일홍」, 『뼈의 속도』, 실천문학사, 2019.
78. 정복선, 「고창 고인돌 앞에서」, 『종이비행기가 내게 날아든다면』, 문학의 전당, 2018.
79. 김선우, 「도솔암 가는 길」, 『내 혀가 입 속에 갇혀 있길 거부한다면』, 창비, 2008.
80. 정철훈, 「선운사에 가서」, 『살고 싶은 아침』, 창비, 2000.
81. 김남곤, 「안국사(安國寺)에서」, 『헛짚어 살다가』, 친우, 1990.
82. 이봉명, 「입동(立冬), 나무들」, 『아주 오래된 내 마음 속의 깨벌레』, 두암, 2011.
83. 서재균, 「덕유산」, 『눌인문학』, 2011.
84. 이목윤, 「라제통문(羅濟通門)」, 『형천 제10집』, 2002.
85. 이병수, 「도토리묵」, 『뜨겁게 익은 하늘을 향해 얼마나 달려가야 종점은 올까』, 두엄, 2006.
86. 박상범, 「덕유산 20」, 갈밭문학동인회.
87. 송재옥, 「백련사에서」, 『갓길 달리는 세상』, 신아출판사, 1996.
88. 전선자, 「가을 적상산 그리고 나」, 『그 어디쯤에서 나는』, 푸른사상사, 2006.

89. 차주일, 「무덤, 덤」, 『그냥 놔두라, 쓰라린 백년소원 이것이다』, 도서출판 화남, 2008.

90. 류희옥, 「무주 적상산(赤裳山)」, 『바람의 날개』, 시문학사, 1997.

91. 김준태, 「곰소의 바다」, 『지평선에 서서』, 문학과 지성사, 1999.

92. 문인수, 「바다책, 채석강」, 『쉬!』, 문학동네, 2014.

93. 김영춘, 「부안에서 서울로 사람을 보내며」, 『바람이 소리를 만나면』, 푸른숲, 1993.

94. 이용범, 「줄포에서 보내는 봄 편지」, 『남은 사람은 떠난 사람에게』, 모아드림, 2006.

95. 박형진, 「모항 1」, 『콩밭에서』, 보리, 2011.

96. 손세실리아, 「곰소댁」, 『기차를 놓치다』, 애지, 2006.

97. 김혜선, 「내소사에서 쓰는 편지」, 『그 숲에 당신이 왔습니다』, 태동출판사, 2001.

98. 김기찬, 「나는 격포에서 운다」, 신작 시.

99. 김영석, 「내소사(來蘇寺)는 어디 있는가」, 『바람의 애벌레』, 시학, 2011.

100. 윤현순, 「변산반도의 바지락죽」, 『시와 녹색』, 시와산문사, 2009.

101. 최승범, 「다슬기탕 이야기」, 『신전라박물지』, 문학들, 2018.

102. 설임수, 「녹죽원(綠竹園)」, 『내 고향 만세』, 신아출판사, 2019.

103. 우미자, 「강천산에 단풍 들 무렵」, 『바다는 스스로 길을 내고 있었다』, 태학사, 2008.

104. 신형식, 「웃동네 통시암」, 『정직한 캐럴 빵집』, 내일을여는책, 1999.

105. 박만식, 「둥근 집」, 『푸른 간격』, 한맘, 2009.

106. 정재영, 「순창 장날」, 신작 시.

107. 장교철, 「귀래정(歸來亭)에 앉아」, 『쓸쓸한 강물』, 신아출판사, 2009.

108. 이용옥, 「용궐산 돌 의자」, 『신들의 계보에 초대된 나날』, 전북문협출판사, 2019.

109. 양병호, 「순창고추장」, 『구봉서와 배삼룡』, 고요아침, 2014.

110. 선우, 「피노리」, 『숨어 빛나는 것들』, 이름나무, 2017.

111. 안도현, 「화암사, 깨끗한 개 두 마리」, 『그리운 여우』, 창비, 1997.

112. 박석구, 「가위 바위 보」, 『깨진 장독 속에 하늘을 담아놓고』, 문학마을사, 2002.

113. 송하선, 「삼례의 장날」, 『강을 건너는 법』, 새미, 2005.

114. 김용혁, 「찰방터」, 『빈들』, 푸른사상사, 2005.

115. 이숙희, 「삼례장터에서」, 『눈빛의 파랑』, 이랑과 이삭, 2015.

116. 김기화, 「산 너머 고향길」, 『고맙다』, 황금알, 2015.

117. 안성덕, 「목어(木魚)」, 『달달한 쓴 맛』, 모악, 2018.

118. 장재훈, 「봉동 생강」, 『포엠 만경』, 열린창, 2018.

119. 진창윤, 「구름 냉면」, 『월간 현대시』, 한국문연, 2017년 11월호.

120. 서규정, 「그 끝없이 청춘을 스쳐 지나간 꽃잎들」, 『다다』, 산지니, 2016.

121. 김용택, 「섬진강 3」, 『21인 신작 시집』, 창비, 1982.

122. 박두규, 「고향」, 신작 시.

123. 심옥남, 「봄빛 들다」, 『세상, 너에게』, 한국문연, 1999.

124. 정우영, 「고향의 그림자」, 『살구꽃 그림자』, 실천문학사, 2010.

125. 이동률, 「그리운 섬진강」, 『눈꽃열차』, 밀 앤 밀, 2004.

126. 장현우, 「화백나무」, 『시인정신』, 한국문연, 1999.

127. 김경은, 「남도기행(南道紀行)」, 『천년 사랑의 빛 얼씨구』, 전북문학관, 2015.

128. 김청미, 「섬진강」, 『청미 처방전』, 천년의 시작, 2019.

129. 김도수, 「진뫼로 간다」, 『진뫼로 간다』, 푸른사상, 2015.

130. 이시연, 「금시내 안 마을에 부는 바람」, 『동일』, 심상사, 1983.

131. 유용주, 「겨울밤」, 『서울은 왜 이렇게 추운겨』, 문학동네, 2018.

132. 최종규, 「장안산 억새꽃」, 『장안산 억새꽃』, 신아출판사, 1995.

133. 김은숙, 「비탈길 오르면 뜬봉샘 있네」, 『꽃들은 별을 우러르며 산다』, 시와시학사, 1991.

134. 최동현, 「어전리 6」, 『바람만 스쳐도 아픈 그대여』, 모악, 2018.

135. 오용기, 「내 고향」, 『장수문학』, 2002.

136. 권정임, 「장수」, 『장수문학』, 2006.

137. 유현상, 「천반산의 한」, 『늦게 말한 사람이 진 거야』, 한국문학세상, 2007.

138. 강태구, 「하얀 그리움」, 『천년 사랑의 빛 얼씨구』, 전북문학관, 2015.

139. 전병윤, 「멀미 앓는 뜬봉샘」, 『산바람 불다』, 신아출판사, 2008.

140. 이삭빛, 「이애미 주논개」, 『당신은 나의 푸른 마중물』, 문학과현실사, 2011.

141. 황동규, 「산벚꽃 나타날 때」, 『외계인』, 문학과 지성사, 1998.

142. 호병탁, 「진안 별 동네」, 신작 시.

143. 김문진, 「마이산」, 『햇살 젖은 강』, 시대문학, 2003.

144. 허호석, 「데미샘」, 『산벚꽃』, 신아출판사, 2014.

145. 정순연, 「진안 장날의 파장」, 『신의 꽃』, 아랑과 이삭, 2013.

146. 유순예, 「말하는 더덕」, 『호박꽃 엄마』, 푸른사상, 2018.

147. 김정배, 「마이산 능소화」, 『작가마당』 2018년 상반기 32호.

148. 채정, 「적막에 갇히다」, 『천년 사랑의 빛 얼씨구』, 전북문학관, 2015.

149. 임우성, 「풍혈냉천(風穴冷泉)」, 『진안문학』, 1997.

150. 안현심, 「태평봉수대 봉수군」, 『사랑은 눈 감을 수 없다』, 분지출판사, 1999.